Lea Korte

Sommernacht auf Mallorca

rütten & loening

Lea Korte

Sommernacht auf Mallorca

Eine Liebesgeschichte

rütten & loening

FSC
Mixed Sources
Product group from well-managed forests and other controlled sources
Cert no. SA-COC-001819
www.fsc.org
© 1996 Forest Stewardship Council

ISBN 978-3-352-00807-8

Rütten & Loening ist eine Marke der Aufbau Verlag GmbH & Co. KG

1. Auflage 2011

Einbandgestaltung capa, Anke Fesel
Satz LVD GmbH, Berlin
Druck und Binden CPI Moravia Books, Pohořelice
Printed in Czech Republic

www.aufbau-verlag.de

»Warum reist man, wenn man nicht dazu gezwungen ist?«

Heute, da ich von den gleichen Breitengraden zurückkomme, die ich an einem anderen Punkt Südeuropas überschritten habe, gebe ich mir dieselbe Antwort wie bei meiner Rückkehr von Mallorca: Es geht nicht so sehr ums Reisen als vielmehr ums Fortkommen. Wer von uns hat nie einen Schmerz gekannt, den es zu vertreiben galt, oder ein Joch, das abzuschütteln gewesen wäre?

Nohant, den 25.August 1855

Notiz aus George Sands Roman »Ein Winter auf Mallorca«

»Ich habe viele Arten der Liebe kennengelernt: die Künstlerliebe, die Liebe als Frau, als Schwester, als Mutter, die Liebe zu Gott, die Dichterliebe und was weiß ich nicht alles. Manch eine Liebe ist noch am gleichen Tag, an dem sie das Licht der Welt erblickt hatte, gestorben, ohne sich demjenigen zu offenbaren, der sie erweckt hatte. Manch eine hat mein Leben zur Qual gemacht und mich in eine Verzweiflung gestürzt, die dem Wahnsinn nahe war. Einer anderen zuliebe führte ich jahrelang in der Abgeschiedenheit ein völlig dem Metaphysischen zugewandtes Leben. Mit alledem habe ich es wirklich ernst gemeint.«

George Sand (1804–1876)

Zitat aus: Brief an Albert Grzymala, Ende Mai 1838

1. Kapitel

Isabella legte den Sicherheitsgurt ab und schaute noch einmal aus dem kleinen Fenster neben ihr in das satte Abendrot des wolkenlosen mallorquinischen Himmels. Welch ein traumhafter Anblick! Bereits der Anflug eben war wundervoll gewesen: erst die Weite des Meeres, über ein paar vereinzelte Schiffe hinweg, so winzig klein, dass man sie für Spielzeuge hätte halten können, dann, schon im Landeanflug, die Aussicht auf die malerischen Buchten der Insel, im Hintergrund die erstaunlich üppig begrünten Berge, dann noch ein kurzes Stück über die Ebene und die sanfte Landung.

So ganz überzeugt war Isabella nach wie vor nicht, dass diese Insel der passende Ort für sie war, um abzuschalten und zu sich zu kommen, aber ihre Freundin Uschi, Reisekauffrau mit Leib und Seele, hatte ihr geschworen, dass sie genau hier am besten aufgehoben sei.

»Diese Insel bietet dir alles, was du liebst. Du wirst sehen: Das wird Erholung pur! Du kannst segeln, schwimmen, tauchen, wandern …«

»Und *Ballermann*?«, war Isabella ihr ins Wort gefallen. »Usch, ist denn da nicht überall die Hölle los?«

»Blödsinn! Die Insel besteht doch nicht nur aus einer Partymeile, sondern hat weit mehr als das zu bieten. Jetzt vertrau mir doch mal: Mallorca ist herrlich!«

Isabella seufzte. Vertrauen … Das fiel ihr zurzeit in der Tat schwer, selbst bei Uschi, mit der sie schon seit dem Kindergarten befreundet war und die sie noch kein einziges Mal enttäuscht oder betrogen hatte – im Gegensatz zu Axel, den sie zwar noch nicht so lange kannte, aber mit dem sie immerhin seit geraumer Zeit Tisch und Bett teilte, oder besser gesagt: geteilt hatte … und wegen dem Uschi sie ja hierher verfrachtet hatte. Ach, dass es auch keinen Zaubertrank gab, um solche Kerle einfach ein für alle Mal über Nacht zu vergessen!

»Mallorca ist ein Traum«, hatte Uschi ihr weiter vorgeschwärmt. »Häuser, so pittoresk wie in der Provence, Strände, so makellos wie in der Karibik, eine Sonne …«

»… so rund wie ein Fußball«, wiegelte Isabella den Enthusiasmus ihrer Freundin mit einer müden Geste ab. »Lass gut sein, Usch, ich gehe ja auf dein Eiland. Wahrscheinlich ist eine Insel ohnehin der beste Ort für eine Paartherapeutin, die selber nur gescheiterte Beziehungen aufzuweisen hat. Nicht umsonst sagt man, jemand sei reif für die Insel …«

Und so hatte sie sich von Uschi drei Wochen »Malle« buchen lassen, eine Suite im Vier-Sterne-Hotel in der *Bahía* Alcúdia mit Blick aufs Meer, vom Strand nur eine kleine Düne entfernt und »all-inclusive« – was sich zwar durchaus auf das leibliche Wohl der Gäste bezog, allerdings nur insofern, wie es um so profane Dinge wie Essen und Massagen ging. Männer waren in dem Preis nicht inbegriffen; andererseits hatte sie von denen vorerst ohnehin genug.

»Wir möchten Sie bitten, hier vorn auszusteigen. Bitte, hier entlang!« Die glockenhelle Stimme der Stewardess mit unüberhörbar spanischem Akzent holte Isabella zurück ins Hier und Jetzt. Die vordere Flugzeugtür wurde geöffnet, und die ersten Passagiere drängten sogleich nach draußen in den schlauchförmigen Gang. Auch Isabella erhob sich. Sie schlängelte sich zwischen die anderen Fluggäste und folgte ihrem Vordermann auf dem Weg ins Flughafengebäude in der Hoffnung, dass zumindest derjenige, dem sie alle folgten, wusste, wo sich die Kofferausgabe befand. Ihr Weg führte sie durch riesige Hallen und von einem Laufband zum nächsten, so dass Isabella allmählich das Gefühl bekam, der mallorquinische Flughafen müsse noch größer als der Frankfurter sein, von dem sie gerade kam. Als das fünfte, endlos lange Laufband vor ihr auftauchte, beschloss sie, eine Pause zu machen und einen Blick aus der hohen Fensterfront zu werfen. Sie wandte sich nach rechts – und prallte mit einem breitschultrigen Mann zusammen.

»Oh, Verzeihung!«, stotterte Isabella und sah in ein Paar äußerst blaue Augen.

»*No problem*«, meinte der Mann mit einem breiten Lächeln.

Isabella erwiderte es knapp und ging weiter, wurde aber sofort wieder gebremst. Verwundert sah sie sich um und erkannte, dass sich die Schnalle ihrer Umhängetasche im Tragegurt des Rucksacks des Fremden verheddert hatte. Sie trat einen Schritt zurück und versuchte, sie voneinander zu befreien.

»Es tut mir leid«, entschuldigte sie sich noch einmal und vermied es, zu ihm aufzublicken, zumal sie spürte, dass der Mann sie immer noch anschaute. Blaue Männeraugen waren derzeit die letzten, in die zu schauen sie ertrug, vor allem sooo blaue. Schließlich waren ähnlich blaue Augen der Grund dafür, dass sie jetzt hier war und auf ein paar höchst leidvolle Monate zurückblicken konnte.

»*May I help you?*«, bot er ihr an, doch Isabella wollte auch keine Hilfe. Sie wollte den Mann einfach nur wieder loswerden. Sie ärgerte sich, weil sie merkte, dass sie in ihrer Aufregung doppelt so lange brauchte, wie es eigentlich nötig gewesen wäre, aber endlich hatte sie die Schnalle doch gelöst. Ohne aufzusehen, nickte sie noch einmal in seine Richtung und eilte weiter. Sie hörte, dass der Mann ihr ein munteres »*Hope to see you again!*« nachrief, drehte sich aber nicht um, sondern ging auf direktem Weg weiter zu der Fensterfront. An einem Wiedersehen war sie ohnehin nicht interessiert.

Da Isabella nicht wusste, ob der Mann weitergegangen war oder noch immer zu ihr hinschaute, hielt sie ihren Kopf strikt gen Außenbereich gewandt und konzentrierte sich so sehr darauf, sich auf keinen Fall in seine Richtung zu drehen, dass sie nicht im Geringsten mitbekam, was sie eigentlich vor ihrer Nase erblickte. Erst als ihr nach ein paar Minuten mit Schrecken einfiel, dass ihr Koffer sicher schon ausgeladen war, wagte sie einen raschen Blick hinter sich und konnte aufatmen: Der Mann war weg. Sie hastete zurück zum fünften Laufband und hoffte, dass sich noch niemand ihres Koffers bemächtigt hatte und sie das Band, auf dem er seine inzwischen sicher recht einsamen Runden drehte, überhaupt fand. Zu ihrer Erleichterung tauchte im gleichen Moment ein Hinweisschild auf, und nach dem nächsten Seitengang gelangte sie tatsächlich in die Halle der Gepäckrückgabe. Suchend blickte sie sich nach einer Anzeigetafel um und hörte, wie hinter ihr ein Mann ebenfalls nach dem Band der Koffer der Lufthansa-Maschine von Frankfurt fragte. Doch nicht die Frage an sich veranlasste sie zusammenzuzucken – es war die Stimme. Ihr wurde gleichzeitig heiß und kalt, und in ihrem Kopf braute sich ein wirres Schwirren und Wummern zusammen. Axel! Das war doch … Axels Stimme!

Aufgepeitscht von Hoffnung und Angst schnellte Isabella herum, doch Axel stand nicht hinter ihr, und auch sonst konnte sie ihn nirgends entdecken. War sie so »reif für die Insel«, dass sie sogar schon Geisterstimmen hörte? Im gleichen Moment wiederholte der Mann, der nur wenige Schritte von ihr entfernt stand, seine Frage, und jetzt, als Isabella ihn ansah, fand sie, dass seine Stimme der Axels doch gar nicht so ähnlich sei. Trotzdem musste sie ihn weiter anschauen, so lange, bis auch er die Augen auf sie richtete und sie irritiert fragte, ob sie sich kennen würden.

»Ich, wir … Nein, nein, ich … es ist nichts«, stammelte Isabella. Hastig senkte sie den Kopf, womit sie sich zumindest ein wenig hinter ihrem langen schwarzen Haar verstecken konnte, und eilte zu den Kofferbändern weiter. Beim Näherkommen entdeckte sie auf einem der Bänder einen großen roten, allein kreisenden Koffer, der sich erwartungsgemäß als der ihre herausstellte. Mit einem kraftvollen Ruck nahm sie ihn herunter und zog ihn hinter sich her in Richtung Ausgang, aber dann versagten ihre Knie auf einmal den Dienst. Nur mit Mühe schaffte sie es noch bis zu einem der Stützpfeiler des Gebäudes, lehnte ihren Kopf dagegen und zwang sich, ruhig zu atmen. Axel! Wie ein Pingpongball knallte der Name in ihrem Kopf hin und her. Axel. Axel. Axel. Wie hatte Uschi beim Abschied gemeint? Sie solle froh sein, dass sie den untreuen Lügner los sei. »Besser ein Ende mit Schrecken als ein Schrecken ohne Ende! Bis du aus dem Urlaub zurückkommst, wirst du den Kerl vergessen haben und dich freuen, dass deine Wohnung wieder nur dir gehört und sich nun seine Neue über seine Weibergeschichten grämen kann.«

So verheißungsvoll sich dies auch anhörte – im Moment hatte Isabella noch heftigste Zweifel an der Erfüllung dieser Weissagung. Jeder zweite Mann erinnerte sie irgendwie an Axel, und überhaupt schien es hier von Männern nur so zu wimmeln. Mein Gott, worauf hatte sie sich mit dieser Reise nur eingelassen? Mallorca ... Und wenn die Insel hundert Mal schön war und sie das Meer und die Sonne liebte, gern schwamm und wanderte und was auch immer – es gab hier eindeutig zu viele Männer. Es gab hier überhaupt von allem zu viel. Und wenn schon Mallorca, dann hätte sie nicht eine Hotelsuite buchen sollen, sondern höchstens eine Kammer in einer Kartause. Es gab hier doch so ein altes Kloster, oder nicht? Warum hatte Uschi sie nicht dahin verbannt? O mein Gott, stöhnte Isabella, was treibe ich hier bloß? Was soll ich hier? Wie habe ich mich nur auf diesen Urlaub einlassen können?

Sie stieß einen Schwall Luft aus und merkte, wie das Ehepaar, das nur wenige Meter von ihr entfernt stand, zu ihr hinsah. Das letzte, was ihr jetzt noch fehlte, war, dass jemand sie ansprach und ihr seine Hilfe anbot. Erschrocken richtete sich Isabella auf und schleppte sich weiter. Dass sie sich dabei auf die Lippen biss, um nicht loszuweinen, merkte noch nicht einmal sie selbst.

2. Kapitel

Als Isabella am nächsten Morgen aufwachte, hatte sie das Gefühl, seit Ewigkeiten nicht mehr so gut und tief geschlafen zu haben. Sie drehte sich auf die andere Seite, zog sich das angenehm kühle Baumwolllaken über die bloßen Schultern und schloss noch einmal die Augen. In der Ruhe und Abgeschiedenheit ihres Hotelzimmers fand sie es nun doch nicht mehr ganz so schlecht, hier zu sein, und der kurze Rundgang, den sie am Abend noch durch das Hotel gemacht hatte, war ebenfalls dazu angetan gewesen, sie eher für Uschis Empfehlung als für ihre eigene zugegebenermaßen etwas panische Idee mit der Klosterzelle zu erwärmen: Sogar einen Fitnessraum hatte das Hotel und gut ausgestattet war er noch dazu, und die Poolanlage inmitten dieses von Palmen beschatteten mediterranen Parks war traumhaft.

Eine gute Viertelstunde später legte ihr das vernehmliche Knurren in ihrem Magen nahe, sich allmählich aus der Decke zu schälen und sich all ihrer Ängste zum Trotz in die öffentlicheren Bereiche des Hotels zu wagen. Sie setzte sich auf und schwang die Beine aus dem Bett. Steif und schwer wie eine Bleiente, grummelte sie in sich hinein. Das hast du nun davon, dass du immer nur auf dem Hintern sitzt!

Allerdings war ihr klar, dass das nicht der einzige Grund für dieses Bleigefühl war. Die letzten Monate mit Axel waren nicht weniger anstrengend als eine Tour auf den Mount

Everest gewesen, alle Hochs und Tiefs inbegriffen, vor allem die Tiefs. Dergleichen ließ man nicht mit einer Nacht Schlaf hinter sich. Sie war sich sicher, dass sie eine solche rein physische Anstrengung überdies viel leichter und schneller hätte überwinden können.

Isabellas Blick blieb an den zart geblümten Gardinen hängen, durch die das Sonnenlicht vorwitzig ins Zimmer blinzelte. Als sie am Abend nach einigen Wirren mit den mallorquinischen Zugverbindungen dank eines anderen Fahrgastes endlich doch noch den richtigen Zug erwischt hatte und eine Stunde später im Hotel eingetrudelt war, war sie zu müde gewesen, um noch einen Gedanken an die Aussicht zu verschwenden. Jetzt aber war sie gespannt, welchen Blick sie wohl von ihrem Balkon hatte, und dies gab ihr endgültig den letzten Impuls, um ganz auf die Beine zu kommen. Isabella schnappte sich ein T-Shirt, zog es über und tappte barfüßig über die tönernen Fliesen zur Balkontür. Mit einem geflüsterten »Tatatata« schob sie den Vorhang zurück und strahlte auf: Mein Gott, war das herrlich! Nur einen Steinwurf von ihrem Balkon entfernt fingen schon die Dünen an, und direkt dahinter ergossen sich der Strand und das Meer, das wunderwunderschöne Meer! Ganz ruhig und still lag es da, glatt wie ein Spiegel, und war von so glitzrigem Silbergrün, dass Isabella Uschis Vergleich mit der Karibik gar nicht mehr so abwegig fand – auch wenn sie die Karibik nur von den Fotos ihrer Freunde kannte. Und wie es sich an den weitläufigen Sandstrand anschmiegte, so sanft und zärtlich, fast wie liebkosende Hände …

Isabella schob die Tür auf und spürte die sommermilde Morgenluft über ihr Gesicht, die Arme und Beine streichen. Ja, Usch, seufzte sie, das tut allerdings gut, und du hattest recht: Es ist hier in der Tat traumhaft schön! – Isabella lehnte sich an die Schiebetür und hob ihren Blick zum strahlend blauen Himmel. Zwei Silbermöwen zogen dort friedlich ihre Kreise. Als sie hinter den Pinien verschwanden, glitten Isabellas Augen zum Horizont und von dort weiter zu dem nördlichen Endpunkt der Bucht, wo sich ein paar Hügel erhoben, die der Bucht etwas Beschütztes und Umhegtes gaben. Zu gern hätte Isabella noch mehr Details wahrgenommen, aber dazu hätte sie ihre Fernbrille aufsetzen müssen, von der sie aber nicht wusste, wo sie war. Seit Axel ihr vor ein paar Monaten bei einem Streit über seine Untreue an den Kopf geworfen hatte, wie »altbacken« und »unsexy« er sie mit ihrer Brille fand, hatte sie die Brille kaum noch getragen. Jetzt allerdings wäre sie froh gewesen, wenn sie sie zur Hand gehabt hätte. Sie nahm sich vor, später nachzusehen, ob die Brille nicht zufällig in ihrer Handtasche steckte. Axel hatte sie so oder so an dieses langmähnige Weib verloren, von daher konnte es ihr jetzt also einerlei sein, wie er sie mit der Brille fand. Außerdem war es an der Zeit, dass sie wieder klar sah, und das in jeder Hinsicht.

Das immer heftigere Knurren ihres Magens machte Isabella bewusst, dass es langsam Zeit fürs Frühstück wurde. Sie huschte zurück ins Zimmer, unterzog sich einer Katzenwäsche und schwang ihre langen, schlanken Beine in ein Paar Shorts. Als sie auf dem Weg zur Frühstücksterrasse die Eingangshalle durchquerte und bemerkte, dass die Rezeptionistin gerade frei war, kam ihr die Idee, sich von ihr ein paar Prospekte von der Gegend geben zu lassen und sie sich beim Frühstück zu Gemüte zu führen. Auf einmal spürte sie Blicke in ihrem Rücken. Verwundert blieb sie stehen, drehte sich um und entdeckte am anderen Ende der weitläufigen

Hotelhalle einen großen, schlanken dunkelblonden Mann in Jeans und schwarzem T-Shirt, der in ihre Richtung schaute; sehr viel mehr Details von ihm konnte Isabella mangels Brille und wegen der Kürze der Begegnung nicht ausmachen, denn kaum hatte sie dem Mann den Kopf zugewandt, ging er weiter und verschwand kurz darauf hinter einer mannshohen Zwergpalme. Kopfschüttelnd setzte Isabella ihren Weg fort. Die Rezeptionistin, eine blutjunge und erstaunlich hochgewachsene Mallorquinerin, hieß sie mit einem verbindlichen Lächeln willkommen. »Was kann ich für Sie tun?«

»Haben Sie vielleicht ein paar Informationshefte über die Gegend, die ich mitnehmen kann? Ach, und dann würde ich gern wandern gehen, habe aber keine geeigneten Schuhe dabei. Es wäre schön, wenn Sie mir ein Geschäft empfehlen könnten.« Isabella blickte kurz zu der Stelle, an der sie den Mann zuletzt gesehen hatte, und stellte fest, dass er noch immer dort stand und durch die Palmwedel hindurch zu ihr hinschaute. Unter seinen Blicken wurde es ihr merkwürdig warm. Sie fasste ihr langes, schweres Haar mit einer Hand im Nacken zu einem Zopf zusammen und blies sich kühle Luft über die obere Gesichtshälfte, aber die eigenartige Wärme blieb. »Au-auf jeden Fall bräuchte ich auch eine Wanderkarte«, stotterte sie, wieder zur Rezeptionistin gewandt, und wunderte sich über sich selbst. Warum brachte der Mann sie so durcheinander? Und das, wo sie ihn noch nicht einmal richtig sehen konnte!

Die junge Frau reichte ihr das Gewünschte und einen Stadtplan und zeichnete ihr ein, wo sie ein gutes Sportgeschäft fand. »Es ist allerdings ein Stück hin bis zu dem Laden. Er liegt in der Altstadt, aber dort werden Sie sicher finden, was Sie suchen. Am besten nehmen Sie ein Taxi.«

Isabella bedankte sich für die Auskünfte und ging weiter zur Frühstücksterrasse. Obwohl sie den Mann jetzt nirgends mehr entdecken konnte, meinte sie doch, seine Blicke weiter auf sich zu spüren. Irritiert schüttelte sie ihr Haar zurück und fühlte erneut eine seltsame Hitze in sich aufsteigen.

Auf der Frühstücksterrasse stellte Isabella fest, dass nur noch wenige Nachzügler beim Frühstück saßen, was sie nicht wunderte: Immerhin war es schon fast zehn Uhr. Der Ober führte sie zu einem von zwei Palmen angenehm beschatteten Tisch und fragte, ob sie lieber Kaffee oder Tee trinken wollte.

»Einen Kaffee, bitte, *quisiera un café americano*«, fiel Isabella da noch ein. Vor ihrem Psychologiestudium hatte sie ein halbes Jahr in Barcelona als Au-pair-Mädchen gearbeitet und dabei recht gut Spanisch gelernt, und auch wenn das fünfzehn Jahre her war, hatte sie offenbar doch noch nicht alles vergessen. Ihr fiel ein, dass auch ihre damalige Beziehung ein sehr explosives Ende gefunden hatte. Ferran war sein Name gewesen, und noch heute konnte sie sich bestens an seine verträumten samtbraunen Augen erinnern. Solchen Augen musste man einfach Glauben schenken, wenn sie von der großen Liebe sprachen, und sie hätte damals alles, aber auch wirklich alles für ihn getan – bis sie ihn eines Abends, als sie noch Baguette hatte kaufen sollen, in einem Hauseingang mit einer kaum mehr als bekleidet zu bezeichnenden Frau entdeckt hatte. Immerhin hatte sie damals sofort Schluss gemacht, während sie sich von Axel über Monate an der Nase hatte herumführen lassen und bis zum Schluss darauf gehofft hatte, dass er diese Leonie wieder aufgeben würde. Letztlich aber war sie selbst diejenige gewesen, die aufgegeben wurde. Isabella überlegte, wieso sie eigentlich immer auf den gleichen Typ Mann reinfiel. Ja, zum Teufel, wieso?, brummte sie gleich noch einmal in sich hinein und fragte sich mit einem Anflug von Galgenhumor, ob sie nicht doch einmal einen Termin mit sich ausmachen sollte. Ihre Patienten zumindest hielten allesamt sehr viel von ihren therapeutischen Fähigkeiten …

Über sich selbst seufzend erhob sich Isabella, schlenderte zu dem reichhaltigen Büffet und schenkte sich ein Glas frisch gepressten Orangensaft ein. Als sie an den köstlich duftenden, ofenfrischen Croissants vorbeikam, blieb sie stehen und schwankte, ob sie eines mit oder ohne Schokolade nehmen sollte. Eigentlich hatte sie ohnehin schon so ein fieses kleines Speckröllchen … Nach kurzem Zögern nahm sie trotzdem ein Schokoladencroissant und sogar das, auf dem ihr auf den ersten Blick die meiste Schokolade zu sein schien. Man musste sich ja nicht alle guten Dinge des Lebens zugleich versagen, brummte sie ihrem schlechten Gewissen entgegen.

Als Isabella sich wieder an ihren Tisch setzte, stieß sie mit dem Ellenbogen gegen ihre Serviette, die prompt zu Boden fiel. Noch ehe sie sich bücken konnte, tat dies der Mann vom Nebentisch. Als er sich wieder erhob, schob er sich so nah vor ihr in die Höhe, dass sie ihm für einen kurzen Moment direkt in seine sie vergnügt anblitzenden, meerblauen Augen sehen konnte und trotz ihrer Sehschwäche die Stoppeln seines Drei-Tage-Barts hätte zählen können. Mit einem Lächeln legte er die Serviette zurück auf den Tisch und strahlte sie an. »*Hey, great, we meet again!*«

»Wir … wir was?«, stotterte Isabella, obwohl sie sehr wohl verstanden hatte, was er sagte, und als sie ihn dann bewusst ansah, fiel allerdings auch ihr auf, dass sie sich schon einmal begegnet waren: der Mann vom Flughafen, an dem sie hängengeblieben war!

So schnell, als hätte sie sich verbrannt, blickte Isabella von ihm und seinen für sie noch immer schrecklich blauen Augen weg zu ihrem Teller und rückte nervös an ihm herum. Als der Mann auch weiterhin so dicht vor ihr blieb, versuchte Isabella, auf ihrem Stuhl zurück zu rutschen, aber mehr als ein paar Millimeter zusätzliche Distanz brachte ihr das nicht ein; offensichtlich hatte sie auch zuvor schon fast an der Rückenlehne geklebt.

Endlich erhob sich der Mann wieder zu seiner vollen Größe. »*My name is Eric*«, sagte er und deutete eine Verbeugung an. »Eric Carey.«

Isabella nickte nur.

»Sie sind Deutsche, *aren't you*?«, radebrechte er, und als Isabella kurz zu ihm aufsah, merkte sie, dass er sie noch immer anlächelte. »Wir sind begegnet uns gestern schon, im Flughafen, *do you remember*? Darf ich mich setzen zu Ihnen? Ich hoffe, Sie warten auf niemandes?«

»Niemanden«, korrigierte Isabella ihn automatisch. Sie blickte zu ihrem Croissant, dem Orangensaft, dem inzwischen ebenfalls eingetroffenen Kaffee und zum Meer und sehnte sich nach nichts weiter, als dies in aller Ruhe genießen zu dürfen. Ihr Blick ging zurück zu Eric. »Nein, ich warte auf niemanden, aber …« Sie räusperte sich. »Also, eigentlich wollte ich eher allein frühstücken …«

»Oh, *don't worry*, keine Angst«, sprudelte Eric weiter und setzte sich trotz ihrer Absage neben sie. »Ich suche nicht … Wie sagt man auf Deutsch ›*girlfriend*‹? Ich suche nur *company*, ein bisschen Gesellschaft. Und immerhin kennen wir uns ja schon ein bisschen von gestern, *don't we*?«

Isabella fragte sich, was sie falsch gemacht hatte – denn irgendetwas musste sie falsch gemacht haben, sonst säße dieser Mann jetzt nicht an ihrem, sondern wieder an seinem Tisch. Hatte er nicht verstanden, was sie gesagt hatte? Oder wollte er sie nicht verstehen? Und wieso sollte sie Angst haben? Ihre Stirn begann sich zu furchen.

»Nun, aber ich suche eigentlich keine Gesellschaft«, gab sie leise zurück und machte eine zwar schüchterne, aber doch unmissverständliche Geste, die Eric jedoch nicht wahrzunehmen schien.

»Der Strand vor dem Hotel«, erzählte er ebenso munter wie gestenreich, »heißt Playa de Muro, *did you know this*? Ich finde, er ist einer der schönsten der Bucht von Alcúdia. *Yes, I think it's a really beautiful beach!* Aber auch die Berge hier sind *wonderful! I love them*!«

»Das … das ist sicher nett von Ihnen gemeint«, stotterte Isabella, »und wenn ich einen Reiseführer brauche, werde ich gern auf Sie zurückkommen, aber jetzt würde ich doch gern in Ruhe frühstücken.«

»Aber bitte, greifen Sie zu, es stört mich nicht, wenn Sie essen!« Eric machte dem Kellner Zeichen, ihm noch eine Tasse Tee zu bringen. »Und Sie brauchen nicht Sie zu mir zu sagen. Du klingt *much nicer, don't you think so*?«

»Ich …« Isabella suchte nach den richtigen Worten, was ihr Gegenüber offenbar als Zustimmung auslegte. Begeistert packte er Isabellas Hand und schüttelte sie. »*Great!* Also, ich bin Eric! Und du?«

»Isabella«, stotterte Isabella.

Der Kellner brachte Eric den Tee. Er dankte ihm mit einem Nicken, schüttete zwei Päckchen Zucker in die Tasse, rührte frohgemut darin herum und ermunterte Isabella, doch endlich mit dem Essen anzufangen. »Wenn du die Insel … wie sagt man? … erobern, ja, wenn du sie erobern willst, du musst vorher gut frühstücken!«

Allmählich verwandelte sich Isabellas Hilflosigkeit in dumpfe Verärgerung. »Ich … also, ich würde jetzt allerdings liebend gern mit dem Frühstücken anfangen – aber allein!«

»*Oh darling, it's so boring to be alone!*« Eric zog ein unglückliches Gesicht. »Alleinsein ist so langweilig; und wenn wir tot sind, sind wir noch so-so lange allein!«

Auf einmal spürte Isabella wieder diesen Blick auf sich, genauso intensiv wie in der Hotelhalle, als sie mit der Rezeptionistin geredet hatte. Irritiert wandte sie sich um und entdeckte am Ende der Terrasse hinter den Hibiskussträuchern einen Mann, der zu ihr sah und der nach ihrem Dafürhalten derselbe war wie zuvor in der Hotelhalle; auf jeden Fall trug er die gleichen Kleider und hatte die gleiche Statur wie jener Mann. Isabella strich sich das Haar von der plötzlich feuchten Stirn und empfand die Belagerung Erics auf einmal als noch viel unangenehmer, gerade, als sähe sie diese mit den Augen des Fremden – was sie gleichzeitig noch mehr durcheinanderbrachte. Was, um alles in der Welt, ging es sie an, wie dieser Mann sie sehen oder was er über sie denken könnte? Das hatte ihr nun wirklich egal zu sein, und überhaupt kannte sie ihn doch gar nicht, und außerdem war sie nach diesem Desaster mit Axel derzeit auch ganz, ganz sicher nicht auf neue Männerbekanntschaften aus. Und warum beschäftigte sie dieser Fremde dann trotzdem?

Vollends durcheinander wirbelte Isabella wieder herum, erblickte Eric und schimpfte dann auch schon los: »Jetzt hören Sie mir einmal gut zu: Ich bin weder Ihr Kindermädchen noch Ihr Pausenclown, und hören Sie endlich auf, mich

Darling zu nennen! Und wenn Sie mich jetzt nicht sofort in Ruhe frühstücken lassen, rufe ich den Ober und …«

»Okay, okay, Lady!« Eric hob beschwichtigend die Hände und machte Anstalten zu gehen. »Nichts für ungut, so sagt man doch auf Deutsch, oder? Wenn du erst einmal ein paar Tage entspannt hast, du bist sicher *in a better mood*!« Er zwinkerte ihr zu.

»Ich habe keine schlechte Laune!«

»*I'm not so sure about this, darling*«, grinste Eric und verzog sich mit einem neuerlichen Zwinkern.

»Sie sollen aufhören, mich Darling zu nennen! Und geduzt werden will ich auch nicht von Ihnen!«

Ohne sich noch einmal zu ihr umzudrehen, winkte ihr der Engländer lässig über seinen Kopf hinweg zu. Blöder, aufdringlicher Kerl, knurrte Isabella und hätte ihm vor lauter Wut am liebsten etwas hinterhergeworfen. Dann fiel ihr der Mann vom Ende der Terrasse wieder ein. Sie sah sich nach ihm um, entdeckte ihn aber nicht mehr und empfand darüber eine seltsame Traurigkeit. Über sich selbst den Kopf schüttelnd nahm Isabella ihr Croissant in die Hand – aber irgendwie war ihr der Appetit vergangen. Sie legte es zurück auf den Teller, kippte den Orangensaft hinunter, den Kaffee gleich hinterher und verließ die Frühstücksterrasse mit der innigen Hoffnung, dass sie wenigstens beim Wandern ihre Ruhe finden würde.

3. Kapitel

Der Taxifahrer hielt unweit des oberen Stadttors des alten Kerns von Alcúdia und machte Isabella verständlich, dass sie den weiteren Weg zu Fuß zurücklegen müsse. »*Es zona peatonal, no puedo entrar ahí con el coche.*«

»Ja, danke, ich weiß, *ya lo sé.*« Sie bezahlte den Fahrer, stieg aus und musste erst einmal nach Luft schnappen. Nach der angenehmen Kühle des klimatisierten Wagens kam es ihr jetzt im Freien extrem heiß vor. Sie schob ihren Unterarm unter die Haare, bewegte sie auf und ab, um ihrem Nacken ein wenig Luft zuzufächeln und fragte sich, welcher Teufel sie geritten hatte, sich gerade um die Mittagszeit auf den Weg zu machen. Falls sie morgen wirklich wandern wollte, würde sie auf jeden Fall sehr früh aufbrechen müssen, wenn sie nicht binnen kurzem in ihrem eigenen Schweiß zerfließen wollte. Dann erhaschte sie einen ersten Blick durch das mittelalterliche Stadttor und vergaß die Hitze schnell – zu malerisch war das Gassengewirr, das sie dahinter erwartete.

Vorbei an liebevoll restaurierten Häusern mit traumhaften Patios, Stehbalkonen und farbig lackierten Holzklappläden ließ sich Isabella immer tiefer in den alten Stadtkern hineinziehen und gelangte so auch zu den kleinen Geschäftchen im tiefer gelegenen Bereich der Altstadt. An einer Weinhandlung ließ sie sich zu einer *degustión* von vollmundigem *vino tinto* und herbem *cava* verleiten und aß dazu auch ein Stück *pa amb tomàquet* mit etwas *allioli*, wie letztere auf Mallorquinisch hießen. Vor allem der Rotwein war nach ihrem Geschmack, und sie nahm sich vor, vor der Rückreise ein paar Flaschen davon in einem dieser dekorativen Geschenkkartons zu kaufen. Auch die Boutiquen mit ausgesprochen farbenfrohen T-Shirts, Kleidern und Jacken zogen sie an, am Tabakladen überflog sie die Tagesnachrichten des *Figaro*, der *Times* und der unvermeidlichen *Bildzeitung* und entdeckte kurz darauf das Sportgeschäft, das ihr die Rezeptionistin empfohlen hatte. Dankbar tauchte sie in den Schatten seiner weit ausgefahrenen Markise ein, und noch bevor sie einen ausgiebigeren Blick ins Schaufenster werfen konnte, trat ein kleiner älterer Herr mit gemütlichem Bäuchlein, Halbglatze und grauem Oberlippenbärtchen aus dem Laden und begrüßte sie so freudestrahlend, als würde er sie von klein auf kennen.

»*Hola, guapa! En qué puedo ayudarte?*« – Hallo, schöne Frau. Womit kann ich Ihnen dienen?

Unsicher erwiderte Isabella sein Lächeln. »*Hola*, ähm, *pues busco* …« Verzweifelt kramte sie in ihrem Gehirn nach einer Umschreibung für das Wort Wanderausrüstung, doch es fiel ihr nichts Passendes ein. Notgedrungen ließ sie ihre Finger in der Luft hügelaufwärts spazieren. »*Quiero caminar en la montaña y necesito* …« Auch das Wort für Schuhe wollte ihr nicht in den Sinn kommen. Sie klopfte sich auf die Füße. »Schuhe, zum Wandern, feste Schuhe, verstehen Sie?«

»Aber natürlich, *guapa*, fast alle hier auf der Insel verstehen *un poco alemán*! Ich sprecken Deutsch!« Sein Grinsen zeigte Isabella, dass er den letzten Fehler bewusst gemacht hatte. »Sie suchen Wanderschuhe, *eh que si*?«

Isabella nickte erleichtert. »Genau, und eine Schirmmütze,

dicke Wandersocken und einen kleinen Rucksack brauche ich auch noch.«

»Dann wollen Sie setzen sich hier draußen auf der Bank?«, fragte sie der Ladeninhaber und hob bittend die Hände. »Im Laden, hinten, wird verlegt neuer Fußboden, weil letzte Woche Wasser, ganz viel Wasser, ein gebrechtes Rohr, verstehen Sie?«

»Oh, ein Rohrbruch!«, reimte sich Isabella zusammen.

»Ja, Rohrgebrecht! Und jetzt Bank ist draußen, weil in Geschäft reparieren Boden. Welche Schuhgröße haben Sie? 38? Und Farbe?«

»Ach, schwarz vielleicht oder dunkelbraun. Aber ich habe Größe 39!« Auch im Schatten setzte die Hitze Isabella weiter zu. Matt sank sie auf die Bank und wedelte sich mit einem Prospekt, den dort jemand liegen gelassen hatte, Kühlung zu. Während sie auf die Rückkehr des Verkäufers wartete, schaute sie dem eifrigen Treiben in dem Gässchen zu und wurde auf einen dunkelblonden Mann in Jeans und schwarzem T-Shirt aufmerksam, der sich gerade an einem der Tische des Straßencafés niederließ, das nur wenig mehr als einen Steinwurf von ihr entfernt lag. Irritiert setzte sich Isabella auf und kniff die Augen zusammen, um besser sehen zu können.

War das etwa wieder der Mann aus dem Hotel? Im gleichen Moment blickte der Mann auch zu ihr, schlug hernach sofort seine Zeitung auf und verbarg sich dahinter – und gerade diese Reaktion war für Isabella noch ein Beleg mehr dafür, dass er es in der Tat sein konnte. Eine feine Aufgeregtheit kribbelte in ihr hoch, und auch wenn sie sich derentwegen kindisch schimpfte, genoss sie sie doch.

Sie fragte sich, ob ihre neuerliche Begegnung an diesem Ort nur Zufall war, und wollte gerade aufstehen und ein

Stück weit in seine Richtung gehen, als der Ladenbesitzer mit vier Schuhkartons und einem Probierstrumpf aus Nylon aus dem Geschäft kam. Über das ganze Gesicht strahlend packte er einen schwarzen Wanderschuh aus und weitete die Verschnürung, damit sie bequemer hineinschlüpfen konnte. Isabella streifte eine Sandale ab, zog den Nylonstrumpf und den Schuh an und wiegte unschlüssig den Kopf.

»Aber sind gute Schuhe, sehr gute Schuhe!« Der Verkäufer ließ seine Hände durch die Luft kreisen, als wolle er ein Orchester dirigieren. »Werden in ganz Alcúdia keine besseren finden; müssen laufen mit den Schuhen, ja, laufen Sie ein paar Meter!«

Isabella tat ihm den Gefallen und erhob sich, doch statt sich beim Hin- und Herlaufen auf die Passform der Schuhe zu konzentrieren, wanderten ihre Augen und Gedanken zu dem Fremden, und je länger sie zu ihm schaute, desto sicherer wurde sie sich, dass auch er sie von seinem Platz aus ganz genau im Blick hatte – oder warum sonst ließ er zwischendurch immer wieder die Zeitung sinken? Ihr Herz begann schneller zu schlagen, und Isabella fragte sich, ob sie sich – auch wenn sie definitiv keine Männerbekanntschaft suchte – den Mann nachher nicht doch einmal kurz aus der Nähe ansehen sollte, um wenigstens zu erfahren, wer sich da so für sie interessierte. Aber dann erhob sich der Mann plötzlich und verließ das Café, ohne etwas bestellt zu haben. Enttäuscht sah Isabella ihm nach.

»Und?«, fragte der Ladenbesitzer. »Gute Schuhe, gut laufen, sehr gut laufen, *verdad que sí*?«

Isabella zuckte zusammen. »Oh, die Schuhe … Nun ja, ich weiß nicht«, stammelte sie. »Obwohl, also ehrlich gesagt ist mir der Schuh vorn irgendwie ein bisschen zu eng.«

»Dann probieren Sie diesen!« Mit unvermindertem Enthusiasmus reichte der Mann ihr einen anderen, ebenfalls schon zum Anziehen geweiteten Schuh. »Weiches Leder, leichter Schuh – und sehr bequem! Sie schweben wie auf Wolke!«

Isabella wechselte den Schuh, spazierte wieder ein wenig auf und ab und registrierte, dass der Unbekannte vor einem Anglergeschäft stehen blieb, allerdings schien ihr seine Blickrichtung hier weit mehr den dort ausgestellten Angeln als ihr zu gelten. Und dann drehte er ihr komplett den Rücken zu, gerade, als hätte er jetzt bemerkt, dass sie ihn beobachtete – und Isabella kam sich albern und beinahe schon aufdringlich vor.

»Der Schuh gut, ja?«

Isabella wurde bewusst, dass sie noch immer auf und ab lief. »Äh, ja, der Schuh …« Im gleichen Moment bemerkte sie, dass der Fremde nun doch wieder zu ihr schaute. Prompt schoss eine feine, kleine Hoffnung in ihr hoch, doch dann wurde es ihr endgültig zu bunt mit sich und ihren Gefühlen. Sie war hier, um Ruhe und Abstand zu suchen und nicht, um sich gleich ins nächste Liebesdesaster zu stürzen. Sie entschied, dass es das Beste für sie war, den Mann aus den Augen zu bekommen, und schaute zu dem Verkäufer. »Ja, der, also der Schuh … ist perfekt. Den nehme ich, und könnten wir dann jetzt bitte rein gehen und dort noch nach einer Hose schauen? Ich brauche nämlich auch noch eine Wanderhose, etwas Strapazierfähiges und zu den Schuhen Passendes.«

Der Ladenbesitzer strahlte auf. »Ja, gern, Hosen vorn im Laden, nicht hinten bei Rohrgebrecht. Kommen Sie, kommen Sie!«

Einen Fuß in der Sandale, einen im Wanderschuh humpelte Isabella vor ihm her und verschwand als Erste im Geschäft. Und bei jedem ihrer Schritte spürte sie die Blicke des Unbekannten so deutlich in ihrem Rücken, als striche er mit seinen Fingern darüber. Und es war ihr alles andere als unangenehm.

Eine Viertelstunde später verließ Isabella den Laden mit zwei großen Tüten und zufriedener Miene, die noch zufriedener wurde, als sie zu dem Anglergeschäft schaute und den Fremden dort nicht mehr entdecken konnte. Es war gut, dass sie nicht länger in Versuchung geführt wurde.

Bester Stimmung beschloss sie, noch ein wenig bummeln zu gehen, und entdeckte nur wenige Schritte weiter ein kleines Lädchen, das unter seiner orangefarbenen Markise reduzierte Markenshirts zum halben Preis anbot. Interessiert ging Isabella zu dem Ständer und entdeckte ein cremefarbenes Shirt mit einem schwarz paspelierten Halsausschnitt, das ihr die ideale Ergänzung für die neue Wanderhose zu sein schien. Als sie merkte, dass es das Letzte dieser Art war, hielt sie es vor sich und freute sich: Ja, das passte garantiert. Aufgeregt machte sie sich mit ihrer Errungenschaft auf den Weg in den Laden, als im gleichen Moment ein Mann in Jeans und schwarzem Shirt aus ebendiesem Geschäft trat. Von seinem Gesicht konnte Isabella nicht nur wegen ihrer Sehschwäche, sondern auch wegen seiner Sonnenbrille und der Kürze der Begegnung kaum etwas erkennen, aber die Größe, die Kleidung – für sie gab es keinen Zweifel: Das war er! Kurz entschlossen hängte sie das T-Shirt zurück an den Ständer und eilte ihm nach, doch als sie nur einen Atemzug nach ihm um die Straßenecke huschte, konnte sie ihn nirgends mehr entdecken.

Pech gehabt, seufzte Isabella und ließ sich noch einmal das Bild von ihrem kurzen Treffen durch den Kopf gehen – aber es war so flüchtig, dass sie sich noch immer keine wirkliche Vorstellung von ihm machen konnte. Auf einmal stutzte sie: Hatte der Mann, der da eben weggegangen war, nicht gehinkt? Und eigentlich auch deutlich hellere und längere Haare gehabt?

O Mann, bin ich blöd, seufzte Isabella und ging schnell zurück zu dem kleinen Laden, doch schon als sie um die Ecke kam, sah sie, dass sie auch hier kein Glück hatte, denn gerade in diesem Moment spazierte eine Frau, über das ganze Gesicht strahlend, mit »ihrem« T-Shirt in den Laden. Isabella blies die Backen auf, ließ langsam die Luft wieder entweichen und machte eine scharfe Kehrtwendung Richtung Taxistand. Im Hotel jedoch setzte sich ihre Pechsträhne fort: Als sie in ihrem Zimmer die Schuhe zusammen mit den dicken neuen Socken anprobierte, musste sie feststellen, dass sie unterschätzt hatte, wie viel Raum solche Wandersocken einnahmen. Keine drei Schritte würde sie so laufen können, wenn sie sich nicht die Ferse aufscheuern wollte. Seufzend stopfte sie die Schuhe in den Karton zurück und fragte sich, wo sie beim Kauf eigentlich ihren Kopf gehabt hatte. Aber die Antwort darauf kannte sie ja, und sie konnte sich noch nicht einmal richtig darüber ärgern – nur versonnen lächeln.

Später beschloss Isabella, eine Runde schwimmen zu gehen. Sie zog ihren Bikini an, band sich den Pareo, ein Baumwolltuch, um die Hüften und ging hinunter zur Poolanlage, die sie, als sie nun im wahren Leben vor ihr stand, noch viel schöner als auf den Bildern fand, die Uschi ihr am Monitor gezeigt hatte. Am besten gefielen ihr die Holzbrücke, die über einen besonders breiten Bereich des langgezogenen Beckens führte, und die beiden Blumeninseln, um die man herumschwimmen konnte. Wirklich traumhaft aber fand sie die Gartenanlage, in die der riesige Pool eingebettet war: An vielen Stellen ergossen sich aus riesigen Kübeln schneeweiße oder apricotfarbene Bougainvilleas auf die makellose Rasenfläche, an anderen Orten waren Beete mit blühenden Paradiesvogelblumen eingelassen, und dazwischen es gab eine palmenbeschattete Strandzone und eine kleine Bar, die zwischen mannshohen Oleandern und Hibiskussträuchern zum Verweilen einlud. Zunächst aber wollte Isabella einen Platz für ihr Handtuch und einen Sprung ins kühle Nass. Neben einer handtuch-, aber nicht menschbelegten Liege ergatterte sie die letzte freie Sonnenliege direkt am Pool und warf ihr Handtuch darüber. Dann streckte sie probehalber einen Fuß ins Wasser und wollte sich dann auch schon auf den Beckenrand setzen, um sich ins Wasser gleiten zu lassen, als jemand sie ansprach.

»Oh, Darling, wie schön, dich hier zu sehen! Hattest du einen netten Vormittag? *Tell me: What did you do?*«

Unwillig drehte sich Isabella um und blickte direkt in Erics Augen, die sie freudig anblitzten.

»Oh nein, nicht schon wieder Sie!«, stöhnte sie und registrierte, ohne es zu wollen, dass Eric nicht nur die fast exakt gleiche Augenfarbe wie Axel hatte, sondern sie überdies auch mit solchen kleinen braunen Pünktchen gesprenkelt waren – was seinen Anblick für sie allerdings nicht angenehmer machte. Sie verzog das Gesicht.

»O-o, noch immer schlecht gelaunt?« Bekümmert hob Eric sein Glas. »*Maybe*, vielleicht magst du auch einen kleinen *Whisky on the rocks*?

»Whisky? Um diese Uhrzeit und bei der Hitze?«

»Jetzt sei nicht so hart zu mir, Darling! Was soll ich denn sonst machen, wenn du mich lässt dauernd allein?« Er zwinkerte ihr zu. »Komm, setzen wir uns ein bisschen an die Bar. Und, ganz ehrlich: Du siehst echt aus wie jemand, der einen Drink braucht! Was ist dir passiert? Hast du Ärger gehabt? Rede mit mir, Darling, *I'm ready to listen to you*!«

»Wollen oder können Sie nicht verstehen, dass ich weder *company* noch einen *boyfriend* noch einen Zuhörer noch sonst etwas in dieser Richtung suche, sondern einfach nur meine Ruhe haben will?«

»Ach, das bildest du dir nur ein, Darling! *Nobody likes to be alone*!« Als ein Mann hinter Eric und damit zwischen ihm und einer von einer älteren Dame belegten Sonnenliege durchgehen wollte, kam Eric noch näher auf Isabella zu, um diesen durchzulassen, was für Isabellas Gefühl eindeutig zu nah war. Sie wollte nach hinten ausweichen, aber als sie ihren Fuß zurückschob, merkte sie, dass sie ohnehin schon direkt am Beckenrand stand, und zur Seite konnte sie ebenfalls nicht gehen, weil sich dort gerade zwei junge Frauen aus dem Wasser schwangen. Unwillkürlich fasste sich Isabella an den Hals. Ruhe, pochte es in ihrem Kopf, warum, zum Teufel, kann ich nicht meine Ruhe haben? Sie sah, wie Eric weiter auf sie einredete, verstand aber nicht, was er sagte, weil das Pochen in ihrem Kopf immer lauter und lauter wurde – und zugleich das Bedürfnis, einfach einmal ganz, ganz laut zu schreien, so laut, dass sämtliche Gläser auf den Beistelltischen und in den Händen der Leute platzten und alle in wirrem Entsetzen davonliefen. Doch leider konnte sie nicht so schreien. Nicht mal einen Pieps hätte sie in diesem Moment herausgebracht. Doch irgendetwas Lautes und Kraftvolles und nach außen Sichtbares musste sie tun! Und dann ging sie in die Knie, sprang mit aller Macht in die Höhe, schlang ihre Arme um die an den Körper angezogenen Knie und ließ sich mit voller Wucht ins Becken platschen. Nicht nur Eric wurde triefend nass. Auch etliche der Leute, die hinter ihm auf ihren Liegen lagen, bekamen einen kräftigen Schwall Wasser über. Isabella aber sah von all dem nichts: Sie ließ sich bis auf den Grund des Pools sinken und tauchte mit langen, kraftvollen Schwimmbewegungen davon, bis sie Luft holen und an die Oberfläche kommen musste. Aber auch dann blickte sie nicht hinter sich, sondern kraulte weiter und weiter, Hauptsache weg von allem. Und zum ersten Mal seit langem fühlte sie sich beinahe gut.

Nachdem Isabella einige Runden geschwommen war, wurde sie allmählich ruhiger und langsamer in ihren Bewegungen und drehte sich schließlich auf den Rücken, um sich treiben zu lassen. Mit geschlossenen Augen genoss sie die Schwerelosigkeit ihres Körpers und die Wärme der Sonnenstrahlen auf ihrem Gesicht und spürte eine herrliche Ruhe und Stille in sich – bis ihr Gewissen aufmerkte. Eric. Sie fand, dass ihre Reaktion irgendwie ziemlich überzogen gewesen war. Eigentlich hatte er doch nur versucht, Anschluss zu finden, und er konnte ja nicht ahnen, dass sie derzeit auf Männer nicht gut zu sprechen war und auf Männer mit derartig blauen Augen schon gleich zwei Mal nicht. Auch dass er bei seinem Werben um ihre Aufmerksamkeit so hartnäckig war, konnte sie ihm nicht zum Vorwurf machen. Sie hatte den Eindruck, dass er sich tatsächlich sehr einsam fühlte, und wenn das Einzige, was er wollte, war, nicht ständig allein zu sein und ab und an mal jemanden zum Reden zu haben, dann musste sie als Psychologin wohl die Erste sein, die hierfür Verständnis aufbrachte. Andererseits war sie hierhergereist, weil sie einmal allein sein wollte, um in sich zu gehen und zu sich zu kommen und einmal für nichts und niemanden zuständig zu sein – was er natürlich nicht wissen konnte.

Isabella schwamm noch eine letzte Runde, verließ das Becken dann über die große Freitreppe am oberen Ende und ging zu ihrer Liege, um sich abzutrocknen. Nicht nur die ältere Dame, die auf der Liege direkt neben der ihren lag, sah ihr grimmig entgegen; auch der Herr davor furchte missmutig die Stirn, als er sie kommen sah. Mit um Entschuldigung bittendem Blick und hochgezogenen Schultern huschte Isabella an ihnen vorbei und warf sich, kaum dass sie ihre Liege erreicht hatte, ihr Handtuch über den Kopf, um ihr langes Haar ausgiebig zu frottieren. Anschließend legte sie sich still und beinahe heimlich auf ihre Liege, schloss die Augen und hoffte, dass sich die gewittrige Stimmung der beiden verzogen haben würde, ehe sie ihren Blicken wieder begegnete.

Isabella selbst vergaß die beiden, kaum dass sie die Sonnenstrahlen auf ihrem Körper fühlte. Wie hochperlender Sekt prickelten sie herrlich warm auf ihrer ausgekühlten Haut, und zum ersten Mal seit langem hatte Isabella das Gefühl, sich und ihren Körper wieder als etwas Ganzes, etwas Zusammengehöriges wahrzunehmen und als etwas wunderbar Lebendiges. Ihr Bauch, ihre Arme, ihre Füße, ihre Nase – alles spürte sie, und sie hätte schnurren können vor Wohlbehagen. Plötzlich brummte jemand leise an ihr Ohr: »*Peace*, Darling? Können wir nicht bitte, bitte schließen Frieden?«

Isabella unterdrückte ein Stöhnen, jedoch nur, weil sie es für ratsamer hielt, sich schlafend zu stellen. Dann aber ließ

Eric etwas Nasskaltes über ihren Unterarm gleiten, und ihr wurde klar, dass er keine Ruhe geben würde, ehe sie ihm nicht geantwortet hatte. Mit einem ergebenen Seufzer schlug sie die Augen auf. Wieder einmal hatte Eric sein Gesicht ganz nah vor ihrem geparkt und schaute sie mit einem Blick an, mit dem er nach Isabellas Dafürhalten selbst noch einem halbverhungerten Retriever-Welpen hätte Konkurrenz machen können, den man mitten in unwirtlichem Gebiet ausgesetzt hatte und der nun nach fünf bitteren Tagen dem ersten menschlichen Lebewesen gegenüberstand.

»Sie geben nie auf, was?«, grummelte Isabella, und obwohl sie es gern verhindert hätte, konnte sie ein Grinsen nicht unterdrücken.

Sichtlich erleichtert, sie so milde gestimmt vorzufinden, kniete sich Eric vor sie ins Gras, faltete die Hände vor seiner Brust und deutete eine asiatische Verbeugung an, was in Verbindung mit seiner zwar muskulösen, aber eben doch erheblichen Körpermasse so komisch wirkte, dass Isabella lachen musste.

»Oh, Darling, wie wunderschön du bist, wenn du lachst!«, strahlte Eric auf.

Isabella schüttelte den Kopf, konnte sich aber doch ein weiteres Grinsen nicht verkneifen. »Was, um Himmels willen, muss ich eigentlich tun, um Sie wieder loszuwerden?«

»Gönn mir einen einzigen kleinen Talk mit dir! Nur für einen Drink! Und vielleicht ein paar Tapas dazu? An der Bar haben sie eine köstliche Auswahl an Tapas, *really delicious*!«

»Und danach lassen Sie mich in Ruhe?«

Eric hob die Finger zum Schwur. »Wenn du mich danach noch immer so *impossible*, so völlig unmöglich findest, ich spreche dich dann nie mehr an, großes Indien-Ehrenwort!«

»Indianer! Indianer-Ehrenwort«, verbesserte Isabella ihn und überlegte, was sie tun sollte. Zwar glaubte sie ihm nicht, dass er sie im Falle eines Falles wirklich in Ruhe lassen würde, aber andererseits hatte sie das Gefühl, ihre Wasserbombe von vorhin wiedergutmachen zu müssen, und überdies hatte ihr Magen bei dem Wort Tapas so heftig reagiert, dass sie seinen Vorschlag vielleicht sogar dann angenommen hätte, wenn sie noch immer einfach nur wütend auf ihn gewesen wäre. Statt etwas zu erwidern, erhob sie sich einfach, wickelte ihren Pareo um die Hüften und nickte Eric zu.

»Von mir aus können wir gehen!«

»*Oh, you're great, you are really, really great!*«, freute sich Eric und bekam vor lauter Freude sogar ein feuchtes Schimmern in die Augen.

Die Bar war recht gut besucht. Eric führte sie zu dem hintersten der schmiedeeisernen Bistrotische, der zwischen zwei fuchsiarot blühenden Oleanderbüschen stand und an dem es ruhiger als an den anderen Tischen und der Bar war. Als Isabella nickte, schob Eric galant einen Stuhl für sie zurück und setzte sich erst, als sie ihren Platz eingenommen hatte.

»Ich hätte nicht gedacht, dass du heute noch ja sagst«, grinste er sie mit einem Lausbubenlächeln an. »Ehrlich gesagt, ich war mir nicht sicher, ob du überhaupt jemals sagen würdest ja!«

Isabella musste lachen. »Machen Sie so etwas öfter – ich meine, Frauen zu belagern, bis Sie sie endlich herumbekommen?«

»*Oh no*, niemals, das musst du mir glauben! Aber du … Willst du nicht endlich du zu mir sagen?«

Isabella wiegte den Kopf, nickte dann aber doch.

»Ich danke dir, ich danke dir sehr!« Eric strich sich übers Kinn und wirkte regelrecht gerührt. »Die anderen Frauen hier interessieren mich nicht. Die liegen den ganzen Tag nur da, cremen sich ein und sonnen sich, cremen sich ein und sonnen sich … *My god*, worüber soll ich sprechen denn mit denen? Aber du, du bist anders, das ich habe gesehen schon auf dem Flughafen. Du bist *a really, really interesting woman*, eine Frau mit ein großes Herz und viel Verstand – und deswegen ich musste dich kennenlernen, du verstehst? Ich musste einfach!«

Seine Lobrede war Isabella ein bisschen unangenehm, zumal sich ihr schlechtes Gewissen noch lange nicht beruhigt hatte, aber dann trat der Kellner zu ihnen, womit sie zunächst einmal um eine Erwiderung herumkam. Der Kellner fragte sie nach ihren Wünschen. Isabella fiel es schwer, sich zwischen all den köstlichen Spezialitäten zu entscheiden, die sie am Tresen sehen konnte. »Ich denke, ich probiere mal die *tortilla con patatas*, die Hackbällchen und ein bisschen von diesem Gemüseauflauf, diesem *tumbet*. Ach, und die im Speckmantel gebratenen Datteln muss ich unbedingt auch haben!«

»Und für mich das Gleiche«, sagte Eric einfach und bestellte ihnen einen leichten *vino tinto* dazu. Schon kurz darauf hatte der Kellner ihnen das Gewünschte gebracht, und während sie aßen, wurde ihre Unterhaltung noch lebendiger. Immer wieder brachte Eric Isabella zum Lachen, und sie staunte, wie viel er über die Insel und ihre Geschichte wusste. Als Eric ihr eine gute Stunde später erklärte, dass er nun leider gehen müsse, weil er jetzt Tauchunterricht habe, tat es Isabella sogar leid, dass ihr Imbiss schon vorbei war. »Ich danke dir ganz herzlich für die nette Einladung!«

»Aber nein, ich muss dir danken!« Eric verbeugte sich und strahlte sie glücklich an. »*Thanks a lot* für deine reizende Gesellschaft, und ich würde mich freuen sehr, wenn ich hoffen darf auch auf ein gemeinsames Dinner!«

Isabella grinste. »Eigentlich *müsste* ich jetzt ja nicht mehr, unseren Deal habe ich ja erfüllt …« Sie machte eine bewusste Pause, in der sie ihm zuzwinkerte. »Aber letztlich hast du mich überzeugt, dass es sehr nett ist, mit dir zu plaudern. Also ja, sehr gern können wir auch mal zusammen Abend essen. Vielleicht sogar heute Abend, schauen wir mal, ja?«

Den übrigen Nachmittag faulenzte Isabella weiter in der Sonne und musste grinsen, als sie daran dachte, wie Eric gerade die ständig in der Sonne bratenden Frauen kritisiert hatte. Aber die Wärme tat einfach so gut und machte so herrlich träge! Anders als zu Hause fiel es ihr hier ganz leicht, ihre Gedanken einmal nicht festzuhalten und wieder und wieder von allen Seiten zu betrachten, sondern sie weiter- und damit fortziehen zu lassen. Ganz herrlich leicht wurde es ihr dabei, und als sie gegen Abend ihr Handtuch aufhob, um hoch in ihr Zimmer zu gehen, fühlte sie sich wunderbar erholt.

Nach einer kurzen Dusche beschloss sie, gleich morgen ihre erste Wanderung zu machen und ließ sich ein Taxi rufen, um noch schnell die Schuhe umtauschen zu gehen. Danach entdeckte sie ein kleines Restaurant mit einem ganz reizenden Innenpatio und entschied sich, dort zu Abend zu essen. Als sie ins Hotel zurückkam, hielt sie nach Eric Ausschau, konnte ihn aber nicht entdecken, und das war ihr auch ganz recht so. Sie wollte ohnehin lieber weiter allein sein und die Ruhe genießen, die sich im Laufe des Nachmittags und Abends in ihr breitgemacht hatte. Sie nahm sich von der Bar ein Glas Wein mit ins Zimmer und setzte sich damit auf den Balkon. Es war herrlich, nur dazusitzen, dem Zirpen der Zikaden zu lauschen und das Funkeln der Sterne und der Lampen der kleinen Fischerkutter draußen auf dem Meer zu betrachten. Ab und an drang von der Hotelterrasse, die um das Haus herum lag, ein Lachen zu ihr hoch, aber es klang so weit weg, dass es sie nicht betraf, wie überhaupt alles auf einmal so weit weg zu sein schien, so wunderwunderbar weit weg …

Irgendwann musste Isabella trotz der Stille und Friedlichkeit in ihrem Inneren an Axel denken. Sie nahm an, dass er sich inzwischen schon vollständig bei ihrer Nachfolgerin eingenistet hatte. Auch bei ihr hatte er sich damals im Nu ausgebreitet. Wieder ein gemachtes Nest für Mamis Liebling, dachte sie mit einem Anflug von Bitterkeit, und dann tat es auf einmal auch weh. Warum hatte es ein solches Ende nehmen müssen? Warum, zum Teufel, hatte er nicht treu sein können? So schlecht war ihre Beziehung doch gar nicht gewesen, dass er sich deswegen in die Arme anderer Frauen hatte flüchten müssen. Im Gegenteil! Zumindest bis er sie zum ersten Mal betrogen hatte. Danach war es irgendwie nie mehr wie vorher gewesen …

Sie musste daran denken, wie sie im letzten Frühjahr ein Mondschein-Picknick am See für sie vorbereitet hatte. Drei Wochen zuvor hatte sie ihn zum ersten Mal mit einer anderen erwischt. Er hatte die Affäre danach sofort beendet, aber sich strikt geweigert, mit ihr darüber zu reden. »Du hast mein Wort darauf, dass ich sie nicht wiedersehe, das muss dir reichen!«

Das Seltsamste an allem war, dass er es irgendwie schaffte, dass sie ihm gegenüber fortan ständig ein schlechtes Gewissen hatte, gerade, als hätte sie ihn mit ihrem kategorischen »entweder sie oder ich« um irgendetwas betrogen. Ja, geizig und kleinkariert kam sie sich seither vor und als gönne sie ihm noch nicht das geringste Vergnügen. Zumindest schaute er sie nun auch ständig so an und begegnete ihr ausgesprochen kühl, so kühl, dass sie schon befürchtete, ihn trotzdem verloren zu haben. In ihrer Not hatte sie nach Mitteln und Wegen gesucht, ihre Liebe neu zu beleben – und war so auf diese Idee mit dem Picknick gekommen. Auch ihren Patienten sagte sie schließlich immer wieder, wie wichtig es sei, die Romantik in einer Beziehung nicht zu kurz kommen zu lassen.

Sie holte ihn am Abend in seinem Architekturbüro ab und flüsterte ihm ins Ohr, dass sie eine Überraschung für ihn habe. Dass sie ihm im Auto die Augen verbinden wollte, hatte ihm schon nicht behagt, und dass die Fahrt so lange dauerte, noch viel weniger.

Erst am See nahm sie ihm die Binde ab, innerlich trotz seines Dauernörgelns im Wagen bebend vor Vorfreude. Es war ein ganz wunderbarer, lauer Spätfrühlingsabend, der See gehörte ihnen, und auf der Picknickdecke, die sie in einem Kreis von flackernden Kerzen ausgebreitet hatte, standen etliche seiner Leibgerichte. Erwartungsvoll blickte sie zu ihm auf, dachte, dass er angesichts der romantischen Umgebung und all der Köstlichkeiten, die ihn erwarteten, nun aufstrahlen und sie in den Arm nehmen würde, aber stattdessen runzelte er die Stirn und brummte: »Na ja, ziemlich tröge hier, findest du nicht?«

Und kaum hatten sie sich auf die Decke gesetzt, ging sein

Gemecker aus dem Wagen auch schon weiter: In jedwedem Restaurant hätten sie bequemer gesessen, hielt er ihr vor, beklagte sich über das nervige Herumgequake der Frösche, und als er dann auch noch feststellte, dass sein Handy keinen Empfang hatte, platzte er endgültig: »Na super, Isa, das habe ich jetzt von deiner dämlichen Romantik-Kacke! Und dabei weißt du ganz genau, dass ich heute Abend telefonisch erreichbar sein muss, weil ich noch so vieles mit den Sanders wegen der Änderungen an den Plänen für ihr Haus durchsprechen muss!«

Ohne ein Wort zu erwidern, war sie aufgestanden und in Richtung Wald gelaufen. Zuerst hatte sie nur ihre Tränen vor ihm verbergen wollen, aber dann hatte es sie immer weiter gezogen. Das Mondlicht erleuchtete die Waldwege nur unzureichend, so dass sie mehr als einmal über Baumwurzeln stolperte und sich den Kopf an Ästen stieß, aber um nichts in der Welt wäre sie zu Axel und seinen Vorwürfen zurückgekehrt. Vier Stunden brauchte sie, bis sie zu Hause ankam, Zeit genug, um ihre Beziehung zu Axel von allen Seiten zu betrachten. Als sie die Wohnungstür aufsperrte, war sie fest entschlossen, ihn gleich am Morgen, ach, am besten noch in der Nacht hinauszuwerfen, doch als sie in ihr Schlafzimmer trat und ihn dort nicht im Bett liegen sah, brach plötzlich eine solche Panik in ihr aus, ihn jetzt doch noch an die andere verloren zu haben, dass sie sofort wieder aus dem Haus stürzen und ihn suchen wollte – aber dann entdeckte sie ihn auf dem Sofa. Friedlich schnarchend lag er dort, gewiss, wie meist, bei seinem Mittwochnachtkrimi eingedöst. Für sie aber zählte in dem Moment nur, dass er da, dass er bei ihr und nicht bei der anderen war. Sie verkroch sich in den Sessel neben ihm, sah ihn über Stunden mit brennenden Augen an und weinte. Daran, sich von ihm zu trennen, dachte sie danach nie wieder; dazu war ihre Angst, ihn an eine andere Frau und damit wirklich zu verlieren, viel zu groß. Und auch jetzt war sie weit davon entfernt, über das abrupte Ende ihrer Beziehung erleichtert zu sein. Natürlich hatte sie gelitten, wenn er sie betrogen hatte und ganz besonders, als sie vor ein paar Wochen festgestellt hatte, dass unter diesen Frauen immer wieder eine ganz bestimmte war und die schließlich sogar so dreist war, wiederholt bei ihnen zu Hause – nein: Axel in IHRER Wohnung anzurufen. Ja, sie hatte sogar sehr gelitten, aber trotzdem … Selbst jetzt war sie sich nicht sicher, ob sie ihm, wenn er nun vor ihr auftauchen würde, nicht doch wieder um den Hals fallen würde. Sie konnte nur hoffen, dass dies am Ende ihres Urlaubs anders war …

Mit einem Mal schwangen die sanften Klänge einer Klaviersonate durch die Nacht. Leicht wie Vögel schwebten sie durch die Luft und strichen ihr mit zärtlicher Geste über das Gesicht … Isabella lehnte sich zurück, schloss die Augen und lauschte verzückt. Am Ende der Sonate klang gedämpfter Beifall zu ihr hoch – dann war es wieder still. Eine kleine Weile blieb Isabella noch sitzen, dann beschloss sie, schlafen zu gehen. Sie wollte für ihre morgige Wandertour frisch und ausgeruht sein. Als sie einschlief, schwang in ihrem Kopf noch immer die Melodie der Sonate – und sie lächelte.

4. Kapitel

Schon seit über einer Stunde marschierte Isabella durch die Berge von Artà und war mehr als zufrieden, bislang trotz der bisweilen erheblichen Steigungen und der zunehmenden Hitze so gut vorangekommen zu sein, aber jetzt sehnte sie sich nach einer Verschnaufpause. In der Hoffnung, dass sie nach der nächsten Wegbiegung wieder aus dem kleinen Pinienwäldchen heraustreten und sie dann erneut einer dieser berauschenden Tiefblicke von den Steilklippen erwarten würde, ging sie noch ein Stück weiter. Nach der nächsten Kurve lichtete sich zwar der Wald, und um sie herum wuchs fast nur noch niedriges Gebüsch und allerlei Gestrüpp, aber erst zwei Biegungen weiter öffneten sich die Berge tatsächlich und überraschten sie mit einem traumhaften Blick aus schwindelerregender Höhe auf das Meer und die zerklüfteten Uferklippen, in welche sich die Brandungswellen stellenweise regelrecht in den Fels hineingefressen hatten. Hier zu rasten war Isabella um einiges zu steil und zu gefährlich, aber ein paar Meter weiter fand sie einen dicken Findling vor einem nicht ganz so abschüssigen Hang und konnte von dort trotzdem weiter diese atemberaubende Aussicht genießen. Überdies entdeckte sie nun, dass sich am Fuß der Steilküste eine kleine Bucht befand, die dank ihrer auf die See beschränkten Zugänglichkeit noch nicht vom Tourismus erobert worden war. Sie präsentierte sich noch ebenso rein und jungfräulich wie vor Hunderten von Jahren. Beim Betrachten dieser unberührten Schönheit befiel Isabella Ehrfurcht, und sie konnte sich lebhaft vorstellen, wie an dieser Bucht in früheren Zeiten Piraten angelegt haben mochten, um ihr Schiff zu überholen oder um sich mit Frischwasser zu versorgen. Das Wort Freiheit kam ihr dabei in den Sinn, und je länger sie in die Tiefe schaute, desto kleiner und bedeutungsloser erschien ihr all das, was sie zu Hause so sehr belastet hatte. Ja, sinnierte sie, manchmal half es in der Tat, die Dinge aus der Ferne zu betrachten. Irgendwie bekam man dabei nicht nur eine rein physische, sondern auch eine seelische Distanz zu seinen Problemen. Sie strich sich eine Strähne, die sich aus ihrem Zopf gelöst hatte, aus der verschwitzten Stirn und lächelte. Ja, sie war froh, dass sie sich zu diesem Urlaub und dieser Wanderung entschlossen hatte, sehr froh sogar, denn dieser Abstand, den sie hier fand, war genau das, was sie derzeit bitter nötig hatte.

Nachdem Isabella einen großen Schluck Wasser getrunken hatte, studierte sie ihre Wanderkarte und stellte fest, dass sie ihr erstes Etappenziel, sofern sie das Tempo beibehielt, schon in einer guten Stunde erreicht haben sollte, was ihr neue Energie verlieh. Sie trank noch einen Schluck Wasser, packte die Flasche und die Karte zurück in ihren Rucksack, nahm ihn hoch, um ihn zu schließen, fasste ihn dabei aber so ungeschickt, dass sich sein ganzer Inhalt auf den Boden ergoss. Seufzend sammelte Isabella ihren Proviant, die Wanderkarte und das Portemonnaie wieder ein – und blickte sich suchend nach ihrem Handy um. Sie entdeckte es unter einem Busch, der gut sieben Meter unterhalb von ihr lag. Der Not gehorchend stellte sie den Rucksack wieder ab und überlegte, ob sie sich wirklich diesen steilen Hang hinabhangeln sollte. Immerhin war er voll von losem Geröll, und es gab kaum Möglichkeiten, um sich festzuhalten. Andererseits war ihr Handy recht teuer gewesen, und die Kollegin, die ihre Patienten während ihres Urlaubs betreute, hatte für Notfälle nichts als diese Handynummer von ihr … Isabella suchte nach einem zumindest halbwegs gefahrlosen Abstieg. Die Äste eines ginsterähnlichen Strauchs schienen ihr von allem noch am besten geeignet, um sich daran festzuhalten. Zur Sicherheit packte sie gleich ein ganzes Bündel der Äste, stieg ein kleines Stück auf dem steinigen Untergrund hinab, krallte sich an dem nächsten Strauch fest, gelangte so wieder ein Stück tiefer, verhakte ihre Finger in die Äste des nächsten und hatte schon den ersten Fuß zurückgesetzt, als der Strauch mit einem Mal nachgab und sich aus dem Erdreich löste. Entsetzt schrie Isabella auf, schlug der Länge nach hin und schlitterte den Hang hinunter, bis der Stamm einer Pinie ihren Fall bremste. Fluchend setzte sie sich auf, besah ihre staubbedeckten Gliedmaßen und ihre aufgerissenen Hände, bewegte sie – doch außer einer großen Schürfwunde am rechten Unterarm schien sie sich nichts weiter getan zu haben. Immerhin brauchte sie auch keine weiteren Kraxeleien für ihr Handy zu unternehmen; es lag jetzt direkt neben ihr.

»*Madre mía, te has hecho daño? No te muevas, bajo ahora mismo para ayudarte!*«

Verwundert blickte Isabella nach oben und entdeckte an der Stelle, an der sie eben hinabgestiegen war, einen Mann.

»*No te preocupes, ya voy, ya voy!*«, rief er ihr aufgeregt zu und machte sich in der Tat sogleich daran, zu ihr hinabzuklettern.

»*No hace falta, estoy bien!*« Isabella machte dem Mann Zeichen, dass sie in Ordnung war, doch er hörte nicht auf sie. Anders als Isabella suchte er seinen Halt am Boden: Er wählte kleine Felsvorsprünge, die er mit seinen Fingern umklammerte oder zum Abstützen seiner Füße nutzte, und kam ihr so zwar langsam, aber sicher Stück um Stück näher – bis einer der Felsvorsprünge, kaum dass er seinen Fuß dagegengestemmt hatte, knallend wegbrach. Das Geröll stürzte direkt auf Isabella zu. Erschrocken riss sie die Arme hoch, um zumindest ihren Kopf zu schützen. Zusammen mit einer ganzen Ladung Steine donnerte ihr der Mann entgegen und krachte mit dem Fuß gegen den Stamm der Pinie, neben der sie saß. Er schrie auf und fasste nach seinem Bein.

»O mein Gott!« Hastig kroch Isabella zu ihm.

Der Unbekannte stöhnte vor Schmerz und versuchte sich aufzusetzen, aber schon nach der ersten Bewegung hielt er mit einem neuerlichen Schmerzensschrei inne.

»*Dónde le duele?*«, Wo genau tut es Ihnen weh?, fragte Isabella.

Der Mann, der in Isabellas Alter sein mochte, zeigte auf seinen linken Unterschenkel und keuchte: »Würde mich nicht wundern, wenn der gebrochen wäre.«

»Ach, Sie sind Deutscher?« Verwundert blickte Isabella zu ihm auf und blieb, ohne es zu wollen, für einen Moment an seinen auffallend hellen, bernsteinfarbenen Augen hängen. Es war, als würden sie diese Augen regelrecht festhalten, und zugleich befiel sie ein eigenartiger Schwindel, der sie einen Moment lang so sehr irritierte, dass sie nicht mitbekam, was er sagte. »Wie … wie bitte?«, stotterte sie. »Was haben Sie gemeint?«

»Dass ich Mallorquiner bin, aber meine Mutter Deutsche

ist«, presste er hervor und fluchte erneut auf Mallorquinisch. »O verdammt, tut das weh!« Er atmete stoßweise und biss die Zähne zusammen.

»Darf ich mir das mal anschauen?« Isabella beugte sich über ihn und tastete behutsam sein Bein ab. Anschließend nickte sie ihm zu. »Ja, ich denke auch, dass es gebrochen ist, und zwar genau hier«. Sie zeigte es ihm.

»Sind Sie Ärztin?«

»Nein, aber mein Vater war über viele Jahre Landarzt in einer recht abgelegenen Gegend. Wenn Not am Mann war, musste er auch schon mal Tiere behandeln, und bei denen durfte ich oft mit anpacken.« Erneut verwirrten sie seine Augen, so dass sie hastig weiterredete. »Ein ... ein gebrochenes Bein fühlte sich bei einem Schwein auch nicht anders an als bei einem Menschen.«

Erst einen Moment später schaffte sie es endgültig, sich von seinem eigentümlich intensiven Blick loszureißen. Verlegen wischte sie sich mit dem Handrücken die Staubreste ihres Sturzes von der Stirn und schaute sich um, bis sie fand, was sie suchte. Ohne dem Verletzten etwas zu erklären, krabbelte sie ein Stück weiter und warf ihm zwei ziemlich gerade, dicke Aststücke zu. »Mit den Stöcken sollten wir Ihr Bein stabilisieren können.«

Der Mann hob entsetzt die Hand. »Äh, also nichts gegen Ihre Schweinebehandlungen, aber ich glaube, ich möchte doch lieber einen richtigen Arzt!«

»Und wo wollen Sie den herbekommen?« Isabella machte eine raumumfassende Geste. »Selbst mit einem Motorrad dürfte man Schwierigkeiten haben, bis hierher zu gelangen, aber vielleicht kennen Sie ja einen Arzt, der Sie hier mit einem Hubschrauber abholt – obwohl mir persönlich der

Trampelpfad da oben als Landeplatz ein bisschen zu knapp bemessen wäre.«

Mit schmerzverzerrter Miene setzte er sich ein Stück weit auf und blies sich hernach seine dunkelblonden Locken aus der Stirn. »Sie scheinen meine Zwangslage ja von Herzen zu genießen!«

»Nein, das tue ich nicht«, stellte Isabella mit resoluter Stimme richtig. »Es tut mir sogar ausgesprochen leid, dass Sie, nur um mir zu helfen, in diese desolate Lage geraten sind, aber Jammern bringt uns jetzt nicht weiter. Auf diese Art kommen Sie ganz sicher nicht von hier weg.« Sie wies auf die Stöcke. »Soll ich jetzt oder nicht?«

Er atmete stoßweise aus, ließ sich zurücksinken und machte eine ergebene Geste. »Der Patient gehört Ihnen!«

»Moment, zuerst brauche ich noch Ihren Gürtel!«

»Wofür das denn?«

»Das werden Sie schon sehen!«

Mit wenigen Handgriffen fixierte Isabella die Stöcke mit Hilfe ihrer beiden Gürtel so am Bein des Verunglückten, dass er es zumindest ein bisschen belasten konnte, ohne sofort vor Schmerzen aufzuschreien. Sie steckte ihr Handy ein, und nach einer weiteren Viertelstunde, viel gutem Zureden und dem beherzten Zupacken Isabellas hockten sie beide nach Luft schnappend oben auf dem Weg.

»Okay«, keuchte der Mann. »Der erste Punkt geht an Sie. Sie haben es geschafft, mich hier wieder hochzubugsieren. Aber was kommt jetzt?«

Isabella winkte ab. Auch sie musste wieder zu Atem kommen. Aber noch bevor sie sich einigermaßen gefangen hatte, japste sie: »Wie heißen Sie eigentlich?«

Wenig später hatte Isabella Guillem nicht nur auf die Füße geholfen, sondern ihm überdies bewiesen, dass er dank des von ihr kreierten »Korsetts« um sein Bein sogar den Berg hinunterkommen konnte, wenn er sich auf sie stützte.

»Und Sie meinen, wir schaffen es runter bis zu dem Parkplatz, wo mein Wagen steht?«

»Haben wir denn eine Wahl?«

Und da sie die in der Tat nicht hatten, humpelten sie auf genau die Art, die Isabella vorgeschlagen hatte, Meter für Meter den Weg zurück. Dabei kamen sie beide nicht nur so manches Mal bedenklich ins Rutschen, sondern auch erheblich außer Atem, so dass sie immer wieder längere Pausen einlegen mussten.

»Wo kamen Sie vorhin eigentlich so plötzlich her?«, fragte Isabella, als sie sich bei der dritten Verschnaufpause auf einem umgestürzten Baum niederließen. »Auf dem ganzen Weg da hoch ist mir kaum eine Menschenseele begegnet – und gerade in dem Moment, in dem ich abgerutscht bin, waren Sie sofort zur Stelle.«

»Ich … ich war schon eine ganze Weile hinter Ihnen, nur haben Sie mich nicht bemerkt, und ich wollte Sie auch nicht … nicht stören«, gab Guillem zur Antwort und wich ihrem prüfenden Blick aus.

Zwar fand Isabella, dass seine Erklärung eher neue Fragen aufwarf, als dass er die von ihr gestellte befriedigend beantwortete, aber sie ließ es trotzdem dabei bewenden, zumal sie schon gemerkt hatte, dass Guillem ohnehin mit Auskünften über sich geizte. Während sie seine zahlreichen Fragen freimütig beantwortete, hatte er ihr kaum mehr über sich verraten, als dass er in Alcúdia eine Musikschule betrieb und hoffte, eines Tages vom Komponieren von Filmmusik leben zu können. Und von seinem Vater hatte er erzählt, dass auch er Pianist sei und dass dessen fortwährenden Konzertreisen in ihm, in Guillem, den Wunsch auf eine ähnliche Karriere schon früh vereitelt hatten. Selbst auf die Frage, wo er studiert hatte, war er ihr die Antwort schuldig geblieben – als ob man mit so einer Frage ein Geheimnis aufdecken konnte. Und auch diese hastigen Seitenblicke, die er ihr auf dem Weg immer wieder zugeworfen hatte, fand Isabella seltsam. Wirkte er nur so verschroben, weil er mehr mit seiner Musik als mit Menschen zusammen zu sein schien – oder war er wirklich ein bisschen seltsam? Isabella wusste es nicht. Sie vermochte noch nicht einmal zu sagen, ob sie ihn sympathisch fand. Aber er machte sie neugierig.

5. Kapitel

»So, und da vorn verlassen wir die Uferstraße«, erklärte Guillem und wies auf die entsprechende Stelle. »Hier bitte links in die Straße einbiegen. Das dritte Haus auf der rechten Seite ist dann meins.«

Isabella tat, worum Guillem sie gebeten hatte, parkte seinen komfortablen Kombi auf der Straße vor seinem Haus und stieg aus, um ihm mit seinem schneeweißen Gipsbein aus dem Wagen und ins Haus zu helfen. Auf dem Weg zur Tür sah sie sich verstohlen diese recht einsam gelegene *Urbanización d'Alcanada* mit ihren wenigen Häusern und *fincas* an und fühlte sich darin bestätigt, dass Guillem nicht Gesellschaft, sondern Abgeschiedenheit suchte. Allerdings hätte wohl auch sie, die kein bisschen menschenscheu war, angesichts des spektakulären Blicks auf das Meer, den man von hier hatte, diese einsam gelegene Wohngegend *dem Städtchen* vorgezogen. Mein Gott, war das schön hier! Und abseits vom Touristengetümmel zu wohnen hatte sicher auch seine Vorteile!

Als sie Guillems Haus betraten, fiel Isabella sofort die nahezu pedantische Ordnung und Sauberkeit auf. Nirgendwo lag etwas herum, was dort nicht hingehörte, und auch die Krücken, die Guillem noch von einem Fahrradunfall im letzten Jahr besaß, hatte er sofort zur Hand und konnte sich fortan ohne ihre Unterstützung fortbewegen.

Den Mittelpunkt des Hauses bildete das Wohnzimmer, von dem Guillems schwarzer Flügel mitsamt der freien Fläche um ihn herum ein gutes Drittel einnahm. Sowohl vom Flügel als auch von den beiden antiken Ledersofas und der sich daran anschließenden Essecke aus hatte man durch die langgezogene, bodennahe Fensterfront einen wundervollen Blick auf den weitläufigen Garten und die Bucht von Alcúdia. Die Aussicht war von hier sogar noch beeindruckender als von der Straße, da das Haus leicht erhöht lag. Keine anderen Gebäude, keine Wälder, einfach gar nichts störte den wahrhaft atemberaubenden Hundertachtzig-Grad-Rundumblick, der auch das kleine Eiland in Ufernähe und sein Leuchttürmchen umfasste. Fasziniert trat Isabella näher. »Ich glaube, wenn ich hier wohnen würde, käme ich nie zum Arbeiten, sondern würde den ganzen Tag lang nur die Aussicht genießen.«

Guillem lachte und stellte sich neben sie. »Ich muss gestehen, dass ich dieser Versuchung in der Tat auch schon so manches Mal erlegen bin.«

Isabella sah ihn an und spürte erneut diese leichte Verwirrung, die sie auch schon in den Bergen befallen hatte. Diese Augen … Richtig verlieren konnte man sich in ihnen!

»Ich …« Sie räusperte sich und wandte sich von ihm ab. »Ich mache mich dann jetzt besser mal auf den Weg zum Hotel.«

»Aber … aber ich dachte … Also, ich würde Ihnen gern noch etwas anbieten, allerdings … Nun, ehrlich gesagt herrschen in meinem Vorratsregal und dem Kühlschrank derzeit ziemliche Ebbe.« Er rieb sich verlegen das Ohrläppchen. »Ich bin erst vorgestern von einer längeren Reise zurückgekommen, und leider hat meine Putzfee sowohl jedes einzelne Staubkörnchen als auch sämtliche Lebensmittel aus dem Haus entfernt. Sie behauptet, sonst würden sich im Haus die Mehlmotten oder sonst welches Ungeziefer einnisten. Ich dagegen denke eher, das Ungeziefer ist nur ihre Erfindung, und sie hat die Sachen einfach großmütig an ihre Familie verteilt.« Er lächelte, und Isabella beeilte sich, ihm zu versichern, dass Sie keinerlei Einladung erwarte. »Sie sollten sich jetzt vor allem hinsetzen und ihr Bein hochlegen!«

»Ach, das Bein läuft mir ja nicht weg«, witzelte er, »und da mir meine Goldfee immerhin noch den Kaffee und das Katzenfutter dagelassen hat, würde ich Sie gern zumindest auf eine Tasse Kaffee einladen – es sei denn, Sie ziehen das Katzenfutter vor.«

Isabella musste lachen und strich sich unschlüssig das Haar aus dem Gesicht, das inzwischen kaum mehr zur Hälfte in dem Zopf steckte. »Ich weiß nicht ... Vielleicht lieber ein anderes Mal?«

»Ach, nur auf eine Tasse!«, bat Guillem. »Immerhin verdanke ich Ihnen meine Rettung!«

»Ich hoffe, Sie stellen das Ganze nicht auch vor anderen als so dramatisch dar«, meinte sie und nickte dann doch.

Ihre Zustimmung zauberte ein gleichermaßen freudiges wie schüchternes Lächeln in Guillems Miene, was ihm trotz seiner stattlichen Größe für einen Moment so sehr das Aussehen eines Pennälers verlieh, dass Isabella unwillkürlich grinsen musste. Sie war froh, dass Guillem bereits auf dem Weg zur Küche war und dies nicht mehr mitbekam. Sie hörte, wie er mit Wasser und Geschirr hantierte, und schloss aus den folgenden Geräuschen, dass er, wie sie, eine vollautomatische Kaffeemaschine besaß, in die man nur regelmäßig genügend Wasser einfüllen und für jeden neuen Kaffee einen Pad einlegen musste. Auch in diesem Punkt war Guillem also kein Bohème, sondern eher jemand, der Komfort und, dem Duft nach zu urteilen, ausgesprochen guten Kaffee liebte. Direkt anschließend hörte sie, wie Guillem die zweite Tasse einlaufen ließ, doch dann zerstörte etwas die Harmonie dieser wohligen Geräuschkulisse: Zuerst schepperte etwas Metallisches, dann folgte das Zerspringen von Porzellan und ein markanter Fluch auf Mallorquinisch. Eilig lief Isabella in die Küche und kam eben noch rechtzeitig, um Guillem aufzufangen, bevor er vornüberkippte. Er hatte wohl gerade die Scherben der Tasse aufheben wollen und das Gewicht seines Gipsbeines unterschätzt. Den Arm unter den seinen gedrückt half sie ihm wieder in die Senkrechte und unterstützte ihn zusätzlich, indem sie seine rechte Hand ergriff. Auch als Guillem wieder sicher auf seinem unverletzten Fuß stand, ließ er ihre Hand nicht los und schaute sie mit einem Lächeln in den Augenwinkeln an, das Isabella erneut in ziemliche Verwirrung stürzte, zumal sich alles in ihr dagegen sträubte wegzusehen. Erst eine gefühlte Ewigkeit später gelang es ihr, sich von ihm abzuwenden.

»Setzen Sie sich doch schon ins Wohnzimmer. Es ist sicher einfacher, wenn ich das hier erledige …« Ihre Stimme klang seltsam rau.

Als Guillem keine Anstalten machte, sich auch nur einen Zentimeter von der Stelle zu rühren, entzog sie ihm behutsam ihre Hand. Sie spürte, dass er sie nur unwillig freigab, und musste lächeln. Hastig bückte sie sich nach den Scherben und machte sich daran, den Boden aufzuwischen, damit er es nicht sah. Überdies war sie sich sicher, dass sie bei dem Ganzen feuerrot geworden war. Sie hoffte, dass ihre beim Aufwischen nach vorn gefallenen Haarsträhnen dies zumindest zeitweise verborgen hatten. Danach hob sie die Krücken auf und reichte sie Guillem. Da er sie noch immer mit diesem eigenartigen Blick maß, von dem sie sich regelrecht durchleuchtet fühlte, wandte sie sich sogleich wieder von ihm ab, ging in die Hocke und tat so, als fahnde sie nach weiteren Scherben. Irgendwann konnte sie beim besten Willen nicht weiter am Boden herumsuchen, wenn sie nicht Gefahr laufen wollte, dass Guillem ihr Verhalten für sonderlich hielt. Isabella sah kurz zu ihm auf. »Soll ich … Ich meine, vielleicht sollte besser ich den Kaffee machen und raustragen, oder? Mit den Krücken konnte das ja nicht klappen.«

»Ja, das ist eine gute Idee«, hörte sie ihn sagen, dann verließ er endlich die Küche. Isabella atmete auf.

Als Isabella mit dem Tablett in das riesige Wohnzimmer zurückkam, entdeckte sie Guillem draußen auf der Terrasse an dem marmornen Tisch im Schatten des sanft im Wind wogenden weißen Sonnensegels. Er blickte aufs Meer hinaus und schien ganz in sich versunken zu sein. Isabella konnte nicht umhin festzustellen, dass er ein ausgesprochen attraktiver Mann war. Er war ein gutes Stück größer als sie und gut gebaut, das lockige, zurückgestrichene Haar, das ihm so gern in die Stirn fiel, betonte seine künstlerische Ausstrahlung. Seine langen, schlanken Pianistenhände verrieten ebenso wie sein weicher, für einen Mann vielleicht fast schon zu großer Mund ein hohes Maß an Sensibilität … und doch nahm sie auch etwas Entschlossenes und sehr, sehr Starkes, ja, fast Hartes an ihm wahr, was sich vor allem in seiner auffallend aufrechten Haltung und in seiner Miene zeigte. Er kraulte eine schneeweiße Perserkatze, die sich in seinem Schoß zusammengerollt hatte und die Isabella mit ebenso unverwandtem Blick ansah, wie Guillem es zuvor in der Küche bei ihr getan hatte – und auch bei der Katze hatte sie das eigenartige Gefühl, dass sie die Fähigkeit besaß, ganz tief in sie hineinsehen zu können.

Als Isabella das Tablett mit den Tassen auf dem Tisch abstellte, fiel ihr noch eine zweite Katze auf: ein unglaublich großer, nachtschwarzer Kater, der sich auf den sonnenwarmen Tonfliesen langgestreckt hatte und träge ins Sonnenlicht blinzelte.

»Auch als Kaffeetassenträger sind Sie demnach besser als ich«, erklärte Guillem grinsend. Er trank einen Schluck und sah Isabella dabei lächelnd über den Tassenrand hinweg an. Isabella setzte sich, nahm ihre Tasse in die Hand, trank aber nicht, sondern schaute hinunter zum Meer – und doch nahm sie in diesem Augenblick nichts anderes als seinen Blick auf ihrem Gesicht wahr.

Nach dem Kaffee wollte Isabella aufbrechen. »So allmählich brauche ich wirklich eine Dusche und frische Sachen!«

»Dann rufe ich Ihnen aber ein Taxi!« Guillem erhob sich und hinkte ins Haus, um in der Zentrale anzurufen.

Als er zurückkam, erklärte er ihr, dass gleich jemand käme, und fuhr sich sichtlich verlegen mit den Fingern durch das Haar. »Ich … Also ich würde mich freuen, wenn ich Sie zum Essen einladen dürfte. Würde es Ihnen heute Abend passen? Ohne Sie säße ich schließlich immer noch in den Bergen und wäre inzwischen sicher schon verdurstet!«

»Ohne mich wären Sie gar nicht erst abgerutscht«, erinnerte Isabella ihn und erhob sich, um das Taxi vor dem Haus zu erwarten. Dann blieb sie noch einmal stehen. »Wer … ich meine … also, wie kommen Sie jetzt eigentlich an Lebensmittel, wegen des Gipses und so … Haben Sie …, nun, ich weiß ja nicht, ob vielleicht Ihre Putzfee …«

»Elena?« Guillem schüttelte den Kopf. »Ich glaube, sie ist heute bei ihrer Schwester in Palma und selbst wenn nicht, ähm, na ja, das ist eine andere Geschichte. Aber machen Sie sich keine Gedanken. Mit dem Taxi komme ich jederzeit in ein Restaurant!«

»Aber Sie brauchen doch auch ein paar Lebensmittel im Haus!« Isabella hob die Augenbrauen. »Zumindest etwas Obst, Saft, Brot und Käse. Außerdem hat der Arzt gesagt, Sie sollten Ihr Bein die ersten Tage hochlegen – was im Restaurant schwierig werden dürfte.«

Guillem zuckte gleichmütig mit den Achseln. »Kennen Sie das Restaurant *Es Convent*? Passt Ihnen acht Uhr?«

Isabella schüttelte den Kopf. »Jetzt schonen Sie Ihr Bein doch wenigstens heute und morgen!«

»Heißt das, Sie ziehen ein Katzenfutterdinner vor?« Guillem grinste breit. »Im Ernst: Ich bin mir sicher, dass mein Bein ein, zwei Stunden im Restaurant ohne Probleme überstehen wird!«

Isabella kaute nachdenklich auf ihrer Unterlippe. »Ich mache Ihnen einen Gegenvorschlag«, meinte sie schließlich. »Ich bringe Ihnen nachher ein paar Lebensmittel hoch. Ich traue es Ihnen nämlich zu, dass sie ansonsten für jeden noch so kleinen Imbiss in den Ort hinunterfahren – und dann haben Sie in drei Tagen sooo ein Bein!« Sie tat, als umarme sie einen dicken Baumstamm.

»Aber, das … das kann ich doch nicht annehmen, ich meine – erst müssen Sie mich verarzten, dann den Hang hochtragen und dann den langen Weg vom Berg runterbringen, und jetzt auch das noch! Nein, bitte, ich kann auch einen Freund anrufen, wirklich!«

»Ach, das sagen Sie doch nur, um mich zu beruhigen, und tun es nachher doch nicht – und behaupten Sie nicht das Gegenteil, denn Sie sind ein schlechter Lügner. Ihre Augen haben geflackert, als Sie eben gemeint haben, Sie würden einen Freund anrufen!« Isabella grinste ihn an. »Außerdem macht es mir wirklich nichts. Ich habe sowieso nichts anderes zu tun. Und jetzt setzen Sie sich um Gottes willen wieder hin und legen Sie Ihr Bein hoch. Ich finde auch allein raus!« Sie lächelte ihm noch einmal kurz zu und wandte sich dann endgültig zum Gehen.

Als sie im Flur an der Garderobe vorbeikam, griff sie nach der leichten Leinenjacke, die dort hing. Erst als sie die Hand schon in den Ärmel gesteckt hatte, fiel ihr ein, dass sie gar keine Jacke dabei gehabt hatte. Sie schüttelte den Kopf über ihre Zerstreutheit und hängte sie wieder zurück, wunderte sich dann aber, wieso hier, wo alles seinen festen, unverrückbaren Platz zu haben schien, eine Damenjacke hing. Na ja, dachte sie, vielleicht hat sie ja Guillems Putzfee oder seine Mutter hier vergessen.

Im gleichen Atemzug fragte sie sich, was sie das eigentlich anging. Gar nichts!, beantwortete sie sich ihre Frage selbst und ärgerte sich, weil sie trotzdem einen leisen Anflug von Eifersucht an sich bemerkte.

Ehe ihr noch mehr unnütze Gedanken kommen konnten, schnappte sie entschlossen ihren Rucksack, hängte ihn sich über die Schulter und verließ das Haus. Bevor sie in das Taxi stieg, hatte sie das Gefühl, dass ihr jemand nachsah – allerdings nicht von Guillems Haus aus. Sie blickte sich um und bemerkte in der Tat, dass im Nebenhaus eine Gardine wackelte. Grinsend stieg sie in den Wagen. Nachbarn waren also auch in anderen Ländern neugierig. Aber sie war es nun ebenfalls und nahm sich vor, Guillem später zu fragen, wer im Nachbarhaus wohnte.

6. Kapitel

Als Isabella am Abend mit ihren beiden vollgepackten Einkaufstüten vor Guillems Haustür stand, fragte sie sich, warum sie eigentlich für ihn einkaufen gegangen war. Immerhin kannte sie ihn kaum, und er machte auf sie sehr wohl den Eindruck eines Mannes, der – auch mit Gipsbein – selbst für sich sorgen konnte. Warum also hatte sie es getan? Immerhin war sie nach Mallorca geflogen, um sich einmal mit niemand anderem als nur mit sich selbst beschäftigen zu müssen und um Abstand zu gewinnen – nicht zuletzt Abstand von Männern! Und leider sagte sie sich das, seit sie auf der Insel angekommen war, jetzt nicht zum ersten Mal, doch in Wahrheit beschäftigte sie sich mit nichts anderem. Super, Isabella Kunatz, tolle Therapie, die du hier mit dir machst! Sie fragte sich, ob sie denn wirklich nicht in der Lage war, auch nur einmal einen einzigen Tag lang zu überstehen, ohne an irgendeinen Mann zu denken, und fand, dass sie die Tüten unter diesen Umständen besser einfach abstellen und wieder gehen sollte. – Doch noch ehe sie dies in die Tat umsetzen konnte, öffnete sich die Haustür.

»Dann habe ich also richtig gehört!« Guillem nickte ihr zur Begrüßung zu, stellte eine seiner Krücken beiseite und nahm ihr eine der Tüten ab.

»Sie … Sie haben mich gehört?«, staunte Isabella.

»Na ja, eigentlich war es eher mein Kater«, gab Guillem

zu. »Wenn jemand das Grundstück betritt, wird Mirco unruhig und marschiert maunzend vor der Haustür auf und ab. Aber ich bin unhöflich: Bitte, kommen Sie doch erst einmal herein!«

Isabella blickte zurück zur Straße, wo von dem Taxi, das sie hergefahren hatte, noch nicht einmal mehr die roten Rücklichter zu sehen waren, und folgte Guillem unsicher. Zumindest beim Auspacken der Tüten könnte sie ihm ja noch zur Hand gehen, dachte sie. Doch Guillem wollte sich keinesfalls helfen lassen. »Aber nein, bitte, das geht doch wirklich nicht. Es ist ein so wundervoller Abend; auf der Terrasse sind Sie viel besser aufgehoben als hier!«

Isabella tat ihm den Gefallen und ging hinaus in den Garten. Es war ein wunderschöner, herrlich warmer Abend, die sanfte Brise vom Meer wehte ihr das frisch gewaschene Haar aus dem Gesicht. Isabella blickte zu den Bergen hinüber und beobachtete, wie die Sonne nach und nach hinter ihnen verschwand. Der fast wolkenlose Himmel färbte sich mit einem tiefen Gelborange, und auch das spiegelglatte Meer nahm diesen warmen Farbton an. Für einen Moment fühlte sich Isabella in eine andere Welt versetzt, eine Welt, in der alles unwichtig wurde, eine Welt, in der sie beinahe schwerelos und wunschlos glücklich zu sein schien. Weit draußen auf dem Meer machten die Fischer ihre Bootslampen an, am Himmel waren die ersten Sterne zu sehen, und ein halbrunder Mond, der sich beharrlich aus den intensiven Farben zu schälen begann, warf sein silbriges Licht auf dieses Idyll. Isabella atmete tief ein und aus und nahm den herben Geruch von trockenen Piniennadeln wahr, der sich mit dem feinen Duft des seitlich am Haus hochrankenden Jasmins vermischte.

»Setzen Sie sich doch!«, forderte Guillem sie leise auf.

Isabella zuckte zusammen. Trotz seiner Krücken hatte sie ihn nicht kommen hören. Sie fragte sich, wie lange er wohl schon hinter ihr stand.

»Sie müssen mir auch noch sagen, was ich Ihnen schulde!«

Isabella machte eine wegwerfende Handbewegung. »Die paar Kleinigkeiten sind wirklich nicht der Rede wert!«

»O doch! Und wagen Sie nicht, mir zu widersprechen! Ich bezahle sämtliche Lebensmittel und selbstverständlich auch die Taxifahrt; alles andere kann ich nicht annehmen. Wir Südländer sind da sehr altmodisch! Außerdem muss ich Ihnen gestehen, dass ich mich kaum zu sagen traue, wie erleichtert ich bin, wieder Obst, Brot, Butter und all die anderen wundervollen Dinge, die Sie eingekauft haben, im Haus zu haben. Sie hatten natürlich recht heute Mittag: Es ist ganz und gar nicht meine Art, andere um Hilfe zu bitten – und ich hätte in der Tat noch viele Tage ohne Essen ausgeharrt, so lange, bis ich mich hinreichend an die Krücken gewöhnt hätte, um meine Einkäufe selbst erledigen zu können!« Obwohl Guillem ihr zuzwinkerte, kam er Isabella ein bisschen verlegen vor. Auch sie fühlte sich weit befangener als am Nachmittag und bereute erneut, nicht gleich wieder gegangen zu sein.

Guillem setzte sich neben sie an den Tisch und schob ihr ein Weinglas zu, das er zuvor bereitgestellt hatte. »*Tinto, blanco* oder *rosado*?«

»Ich …« Isabella hob die Schultern. »Also, eigentlich wollte ich mich … also Sie nicht aufhalten …«

»Aufhalten? Wobei denn?«

»Oder vom Komponieren abhalten …«, erwiderte Isabella

und merkte, wie sie immer unsicherer und nervöser wurde. Auch mit ihren Händen wusste sie nicht wohin und bohrte sie schließlich in die Taschen ihrer sandfarbenen Leinenhose.

»Darf ich Ihnen vielleicht einmal mein neuestes Stück vorspielen? Ich habe es für einen Liebesfilm komponiert, der nächstes Jahr im Kino anläuft. Diese Melodie wird das Leitmotiv des Films sein.«

Noch ehe Isabella etwas erwidert hatte, schwang sich Guillem auf seinen Krücken zum Klavier, und Isabella war sogar froh, dass er ihr keine Zeit für eine Erwiderung gelassen hatte. Ja, sie war gern hier. Es war so schön bei ihm, und sie liebte Klaviermusik. Was ist denn auch schon dabei?, beschwichtigte sie sich. Guillem ist einfach sehr nett, mehr ist es nicht. Also genieße ich jetzt diesen überaus angenehmen Abend und höre auf, mich ständig selbst zu beobachten und zu maßregeln!

Dieser Gedanke erleichterte Isabella. Sie spürte ein Lächeln auf ihrem Gesicht und wie allmählich die Anspannung von ihr wich. In freudiger Erwartung auf die Musik, die sie jeden Moment zu hören bekommen würde, lehnte sie sich auf ihrem Stuhl zurück.

Guillem machte kein Licht, so dass das Zimmer und auch die Terrasse weiter im silbrigen Mondlicht ruhten. Kurz darauf schwang sich ganz leise eine scheue, schwermütige Melodie in die Nacht hinein, die so eingängig und wunderschön war, dass Isabella aufstand und ihr ins Haus hinein folgen musste. Als sie den Raum betrat, fühlte sie sich viel kleiner, als sie eigentlich war. Ebenso scheu wie fasziniert blieb sie am unteren Ende des Flügels stehen, sah zu Guillem hinüber und empfand ihn als sehr viel präsenter als je zuvor, doch zugleich schien er auch Lichtjahre von ihr entfernt zu sein. Ganz eins war er mit sich, seinem Instrument und seiner Musik, und schien mit ihnen zusammen zu etwas Neuem, sehr viel Kraftvollerem verschmolzen zu sein. Es war verrückt, dass Isabella trotz des nur diffusen Lichts ein verträumtes Schimmern in seinen Augen bemerkte, und gerade darum berührte es sie nur noch umso mehr. Die Zeit stand still, und der Raum um sie herum versank in den Fluten der Töne. Note um Note schmeichelte sich die Melodie tiefer in ihr Herz hinein, wurde irgendwann so leicht und heiter wie ein hingehauchter Frühlingskuss und mündete schließlich in eine sehr viel dichtere, zärtlich-anschmiegsame Passage, die Isabella unwillkürlich an Engelsflügel erinnerte.

Als der letzte Ton gespielt war, blieb Isabella ganz still stehen und ließ die Melodie noch einen Moment in sich nachschwingen. Ganz gebannt war sie von diesem zauberhaften Lied – und ebenso von Guillem selbst, der ihr auf einmal wie ein anderer erschien ... Oder erkannte sie erst in diesem Moment, wie er wirklich war? ... Auch ohne den Film zu kennen, konnte sich Isabella vorstellen, wie eine Frau einem Mann bei diesem Lied zum ersten Mal in die Augen sah und sich rettungslos in ihn verliebte ...

»Und, wie gefällt Ihnen die Melodie?«, fragte Guillem.

»Sie ist ... traumhaft schön«, erwiderte Isabella leise und wagte kaum, ihn anzusehen.

Inzwischen war die Nacht hereingebrochen, der Mond und die Sterne hüllten alles in ihr milchiges, silbrighelles Licht. Isabella strich mit der Hand über den Flügel, ging ein Stück daran entlang und wurde auf einen Bilderrahmen aufmerksam, der auf dem Regal hinter dem Flügel stand. Sie trat näher.

»Darf ich?«, fragte Isabella schüchtern.

»Natürlich«, erwiderte Guillem, und Isabella nahm den Rahmen in die Hand, konnte aber nicht genau sehen, wer darauf abgebildet war. Guillem machte die kleine Stehlampe neben dem Flügel an, die ein sanftes Licht verbreitete. Isabella erkannte, dass es sich um die Kopie eines alten Gemäldes handelte und schätzte, dass das Paar darauf im neunzehnten Jahrhundert gelebt hatte.

»Ist das nicht Chopin?«, fragte sie nach einem weiteren Blick auf das Bild.

Guillem nickte, zog seine Krücken heran und drückte sich mit ihrer Hilfe hoch. »Ja, das sind Frédéric Chopin und George Sand alias Amandine-Aurore-Lucile Dupin de Francueil. Wussten Sie, dass die beiden über viele Jahre ein Liebespaar gewesen sind? Der romantische Pianist und die streitbare Schriftstellerin! Ich liebe Chopins Klaviersonaten – und George Sands Werke. Und Sie …« Er stockte, und obwohl er mit dem Rücken zum Schein der Stehlampe stand, meinte Isabella erkennen zu können, dass er errötete. »George und Sie … Wissen Sie eigentlich, wie verblüffend ähnlich Sie ihr sehen?«

»Ich?« Isabella lachte auf und betrachtete das Gemälde erneut. Sicher, sie hatte ebenfalls langes, dunkles, schweres, leicht gewelltes Haar, das sie in der Mitte scheitelte, auch die braunen Augen stimmten und sogar ein bisschen deren Mandelform und die eher längliche Nase, aber ansonsten … Sie schüttelte den Kopf. »Also nein, das finde ich nicht!«

»Doch, doch, und am meisten ähnelt sich der Ausdruck ihrer Augen! Auch in Ihren ist diese immense Kraft und Furchtlosigkeit, gepaart mit Klugheit und, ja, wie soll ich sagen, mit einem unglaublich stark ausgeprägten Wirklichkeitssinn – wenn Sie verstehen, was ich meine«, erwiderte Guillem, und das mit so viel Inbrunst in der Stimme, dass Isabella verwundert zu ihm sah. Und genau wie am Morgen am Hang war auch jetzt wieder etwas in seinen Augen, das ganz tief in sie einzudringen schien und dem sie nichts entgegenzusetzen hatte. Isabella fühlte erneut diese kribbelige Wärme in ihrem Bauch, die ihr weit angenehmer war, als sie es sein sollte. Sie stellte das Bild zurück auf seinen Platz und wandte Guillem dabei bewusst den Rücken zu. »Ich … sollte jetzt besser gehen. Ich … Sie haben jetzt doch alles, was Sie brauchen, oder?« Dann wandte sie sich zum Gehen.

Guillem trat vor sie, als wolle er ihr den Weg verstellen, aber sobald Isabella zu ihm aufsah, ging er zur Seite, schwang sich auf seinen Krücken ein paar Schritte in Richtung Terrasse und blieb stehen. »Entschuldigen Sie, und Sie müssen auch nicht alles ernst nehmen, was ich sage. Manchmal rede ich zu viel, vor allem, wenn … aber das ist eine andere Geschichte und …«

Seine Stimme klang so gedämpft und leise, dass Isabella seine Worte mehr erahnte als hörte, und als sie dann nichts mehr vernahm, wusste sie nicht, ob er nun noch leiser geworden oder in der Tat mitten im Satz zu sprechen aufgehört hatte. Sie fragte sich, wie sie reagieren sollte – und was er erwartete, wie sie reagierte. Sollte sie nachfragen, was dies für eine Geschichte war? Und warum er manchmal meinte, zu viel zu reden? Und sie? Was erwartete sie? Aber wollte sie all das denn wissen? Und weiter? Was wollte sie überhaupt? Jetzt, an diesem Abend, von diesem Mann … Ein Schauer lief über Isabellas Rücken. Mein Gott, seufzte sie stumm in sich hinein. Wie kann ich Paartherapeutin und gleichzeitig selbst in allem so verdammt unsicher sein?

Kurz darauf drehte sich Guillem wieder zu ihr um und schien nun mit einem Mal ganz ruhig und gelöst, ja, fast heiter zu sein. »Da ich schon weiß, dass Sie mich heute und morgen keinesfalls in ein Restaurant begleiten wollen – wie wäre es, wenn ich uns etwas zu essen kommen ließe?«

Isabella fasste mit den Händen in ihr Haar, schloss sie, als wolle sie einen Zopf machen, hob die Schultern und ließ ihre Arme wieder sinken. »Ich … Ich weiß nicht. Eigentlich habe ich im Hotel Ha-Halbpension.« Ihr Stottern verunsicherte und ärgerte sie. Sie kam sich vor wie ein Schulmädchen. Dabei gab es überhaupt keinen Grund, so nervös zu sein. Schließlich hatte sie in der Tat Halbpension gebucht.

Guillem lächelte sie so zufrieden an, als hätte sie ja gesagt. »Und wonach ist Ihnen? Vielleicht nach typisch mallorquinischer Küche? Dann könnte ich bei Javi anrufen. Oder lieber valencianisch? Maria macht ganz wundervolle Paellas!«

»Aber …«

»Die Wahl überlasse ich Ihnen«, fiel er Isabella ins Wort und zwinkerte ihr zu. Bei seinem heiteren, fast verschwörerischen Blick wurde es Isabella ganz warm ums Herz, und sie musste lachen. »Also gut, überredet, und wenn ich wählen darf, hätte ich gern die Paella.«

Guillem verbeugte sich tief. »Dann nehmen Sie bitte draußen Platz, Madame! Die Terrasse und diese Nacht gehören Ihnen!«

Während Guillem telefonierte, setzte sich Isabella auf die Terrasse und war erstaunt, wie sehr sich das Meer seit dem Klavierspiel verändert hatte. Die Nacht war mittlerweile tiefschwarz über die Insel hereingebrochen, und das Meer glitzerte in geheimnisvollem Silberschwarz spiegelgleich im Mondlicht. Die Fischerboote waren inzwischen so weit hinausgefahren, dass ihre Lampen nur noch als flirrende Lichter zu erkennen waren. Dafür blieb ihr Blick an dem kleinen Leuchtturm hängen, der in regelmäßigen Abständen seine Lichtsignale über das weite, unendliche Meer sendete, und auch wenn Isabella wusste, dass dieser Turm viel zu klein war, um bewohnt zu sein, erging es ihr doch so wie immer, wenn sie Leuchtturmfeuer sah: Sie stellte sich einen Mann vor, der einsam und allein in diesen runden Gemäuern lebte, einen Mann, der schon seit langem mit der Zivilisation gebrochen hatte – und der doch noch Träume hegte, Träume, die auch ihr nur zu vertraut waren …

Isabella atmete ruhig ein und aus und ließ ihre Augen zu den nächtlichen Lichtern des Ortes weitergleiten. Sie stellte sich verliebte Paare vor, die am Strand flanierten. Wie sie miteinander lachten und scherzten, sich küssten und streichelten und sich schließlich dezent zurückzogen … Es war so angenehm still und friedlich, fast, als habe die Zeit aufgehört zu existieren, und als seien irgendwelche guten Zauberer damit beschäftigt, alles Laute, Böse und Hässliche von diesem Eiland fernzuhalten … Mein Gott, wie schön es hier ist, seufzte Isabella. Einfach so unendlich schön!

Und trotz oder eigentlich sogar gerade wegen dieser Schönheit und Friedlichkeit wurde es ihr von einem Augenblick zum anderen schwer ums Herz, denn ihr war nur zu bewusst, dass sie niemanden mehr hatte, mit dem sie all diese Schönheiten teilen konnte. Als sie spürte, dass ihr eine Träne über die Wange rann, wischte sie sie verschämt weg und schalt sich unbelehrbar. Sie sollte froh sein, dass sie Axel samt seinen Lügen und seinem Versteckspiel los war. Aber trotzdem liefen ihr mehr und mehr Tränen über die Wangen …

Ein einschmeichelndes »Mau« ließ Isabella aufhorchen. Zu ihren Füßen saß Guillems schwarzer Kater und sah sie drängend an.

»Ach du, Mirco«, seufzte Isabella und beugte sich hinab, um ihn zu streicheln. Zufrieden begann Mirco zu schnurren und drückte seinen Kopf wieder und wieder gegen ihre Hand, als wolle er sie bitten, bloß nicht wieder mit dem Streicheln aufzuhören.

Isabella hörte das dumpfe Geräusch der Krücken auf dem Boden, und als sie sich zur Tür umdrehte, sah sie Guillem auf die Terrasse treten. Entschlossen wischte sie sich mit der freien Hand über die Augen und hoffte, dass man ihr nicht ansah, dass sie geweint hatte.

»Normalerweise lässt sich Mirco nur von mir anfassen«, murmelte Guillem, als er vor ihr stand, und klang geradezu ehrfürchtig dabei.

Guillem gestand ihr, dass er nicht nur Paella, sondern auch eine Auswahl von Marias Vorspeisen bestellt hatte. »Auch die werden Ihnen schmecken, wenn Sie die mediterrane Küche lieben. Etwas Besseres als Marias Speisen finden Sie auf der ganzen Insel nicht!«

Er setzte sich zu Isabella, schenkte ihnen beiden ein Glas *vino tinto* ein und fragte: »Haben Sie schon einmal etwas von George Sand gelesen?«

»Nein, leider nicht«, erwiderte Isabella. »Allerdings fällt mir jetzt ein, dass ich den Roman ›Ein Winter auf Mallorca‹ von ihr besitze. Wenn ich zurückkomme, muss ich ihn unbedingt einmal lesen. Ich wusste, dass sie einmal hier gewesen ist – nur dass Chopin sie begleitet hatte, war mir entfallen. Haben die beiden eigentlich zusammengepasst? George Sand war doch sehr … nun ja, sehr emanzipiert für ihre Zeit, oder?«

Guillem grinste. »Lassen Sie mich einen Zeitgenossen der beiden zitieren. Er meinte: *Sie passen gut zusammen, weil er ganz ladylike und sie ein vollendeter Gentleman ist.*«

Isabella musste lachen, und Guillem stimmte ein. »Und was sagt man sonst noch über die beiden?«

»Georges Energie muss sprichwörtlich gewesen sein, ebenso ihre Willensstärke. Außerdem sagt man ihr eine gehörige Portion gesunden Menschenverstand und viel Humor nach.«

»Und er?«, fragte Isabella. »Wie war er?«

»Viel stiller und in sich gekehrter als sie, sonst wäre es auch ein Kampf der Giganten geworden.« Guillem schaute in die Richtung des Gemäldes, obwohl er es von hier draußen nicht sehen konnte, und Isabella hatte den Eindruck, als ginge sein Blick ohnehin noch viel, viel weiter. »Chopin war eher weltfremd und unentschlossen, dazu scheu und zurückhaltend«, fuhr Guillem nach einer Weile gedankenverloren fort. »Aber wahrscheinlich waren es gerade diese Gegensätze, welche die beiden zu einem so schillernden, sich aber auch in vielen Bereichen ergänzenden Paar gemacht haben.«

»Hat Chopin George mit seiner Unentschlossenheit nicht zur Weißglut gebracht?« Sie stellte sich vor, wie sie an ihrer Stelle reagiert hätte.

»Anscheinend nicht. Sie müssen sich nicht nur sehr geliebt, sondern einander auch völlig in ihren Eigenheiten akzeptiert haben«, erwiderte Guillem und drehte den Stiel seines Weinglases zwischen dem Daumen und dem Mittel- und Zeigefinger. »Wenn Sie wollen, zeige ich Ihnen, wo die beiden gewohnt haben!«

»O ja, sehr gern!«, rief Isabella und wunderte sich selbst über ihre spontane Zusage. Aber warum denn auch nicht?, kämpfte sie erneut gegen ihre inneren Zweifel an. Wenn man schon angeboten bekommt, sich so etwas mit einem Kenner der Materie ansehen zu dürfen, kann man doch nicht nein sagen! Aber leider wusste sie nur zu genau, dass es so einfach nicht war und die Sachkenntnis Guillems ja nicht der eigentliche Grund für ihre Zusage gewesen war.

Ihr kam ein Satz in den Sinn, den sie vor kurzem auch zu einem ihrer Patienten gesagt hatte: »Beziehungen sind ein Geheimnis, das man von außen oft nicht leicht durchschauen kann.« Selten mehr als in diesem Moment hatte sie die tiefe Wahrheit dieses Satzes empfunden. Dann läutete es an der Tür: Ihr Abendessen kam.

Erst ganze zwei Stunden später drängte Isabella darauf, gehen zu müssen, und es war einzig die Vernunft, die sie dazu trieb. »Es war ein langer Tag – und ein sehr anstrengender noch dazu«, fügte sie mit einem Zwinkern hinzu. »Nochmals vielen Dank für die Einladung, und das Essen war in der Tat einige Michelin-Sterne wert!«

»Ich hoffe, Sie werden mir erlauben, Sie auch einmal in das Restaurant auszuführen!« Guillem hob aufmunternd die Augenbrauen. »In zwei Tagen ist die extreme Schonzeit für mein Bein vorbei, nicht wahr, Frau Doktor?«

Isabella lachte. Sie fühlte sich überhaupt ganz leicht und beschwingt. Der kurze Anflug von Traurigkeit war bei ihrer ebenso lebendigen wie interessanten Unterhaltung schnell verflogen, und was ihr mit am meisten geholfen hatte, war, dass sie zumeist über neutrale Themen gesprochen hatten: Guillem hatte ihr viel über Chopin und George Sand und deren Zeit auf der Insel erzählt, sie ihm im Gegenzug dafür alles, was ihr zu dem Thema Leben und Arbeiten in Deutschland einfiel. Isabella mochte Guillems zurückhaltende Art und war froh, geblieben zu sein. Schon lange hatte sie keinen so angenehmen und entspannenden Abend mehr verbracht.

Guillem erhob sich, um ihr ein Taxi zu rufen. Isabella folgte ihm und wartete bei den Sofas, während er telefonierte. Dabei fiel ihr ein Armband auf, das auf dem kleinen Beistelltisch lag. Die Perlen des Armbandes waren sehr aufwändig mit Silberziselierungen eingefasst. Interessiert beugte sich Isabella darüber, um es besser betrachten zu können, und nahm es dann auch in die Hand. »Ein ganz wunderschönes Stück«, meinte sie mit Kennerblick auf das Armband, als Guillem den Telefonhörer auflegte.

Guillem sah von ihr zu dem Armband, zog die Stirn in Falten und presste die Lippen aufeinander. Seine düstere Reaktion und noch mehr sein nun folgendes Schweigen gaben Isabella das Gefühl, etwas Falsches gesagt oder getan zu haben. Unter unverständlichem Entschuldigungsgemurmel legte sie das Armband wieder auf seinen Platz zurück und strebte der Haustür zu, wobei sie sich bemühte, in keine besondere Richtung mehr zu blicken, gerade, als hätte sie Angst, noch mehr verbotene Dinge zu sehen oder gar zu berühren. Aus ihrem Kopf aber war das Armband damit nicht. Sie fragte sich, wieso ihr das Armband nicht schon bei ihrem ersten Besuch aufgefallen war, und war sich schließlich sicher, dass es zu diesem Zeitpunkt dort schlicht und ergreifend noch nicht gelegen hatte. Als sie an der Garderobe vorbeikam, fiel ihr auf, dass die Leinenjacke nicht mehr an ihrem Platz war –

und ohne dass sie einen Grund dafür hätte nennen können, versetzte ihr dies einen starken Stich, der sie so sehr ernüchterte, als hätte ihr jemand einen Eimer eiskaltes Wasser übergeschüttet. Irgendetwas verheimlichte ihr Guillem. Jemand war heute hier gewesen. Jemand, der mit Sicherheit weiblich gewesen war. Und diese Frau war vertraut genug mit ihm, dass sie vor einiger Zeit ihre Jacke hier gelassen hatte, weil sie wusste, dass sie jederzeit wiederkommen konnte, sie zu holen – und die bei ihrem heutigen Besuch ihr Armband abgestreift hatte, weil es wahrscheinlich störte, als, als …

Isabella schluckte.

»Ich … ich würde mich freuen, wenn wir uns morgen wiedersehen könnten«, hörte sie Guillem hinter sich sagen.

Vor wenigen Augenblicken hätten diese Worte Isabella noch in Hochstimmung versetzt; jetzt taten sie ihr nur weh. Irgendwie schienen die Worte ihr von sehr weit weg zu kommen und blieben ihr seltsam fern, fast wie Nebelschwaden, die man vor sich auf der Straße sieht, die beim Weiterfahren aber immer im gleichen Abstand zu einem zu bleiben schienen. Sie fühlte sich irritiert und verunsichert und fragte sich, was an diesem Abend eigentlich echt und wahr gewesen war und ob sie sich in ihrer Urlaubsstimmung nicht einfach nur in irgendwelche Träumereien hineingesteigert hatte. Sie schluckte erneut und drehte sich noch einmal um. Es war ein prüfender Blick, ein Blick voller Unsicherheit, fast schon voller Angst – und obwohl sie spürte, dass ihre Reaktion nur bedingt etwas mit ihm und weit mehr mit Axel und dem zu tun hatte, was er ihr angetan hatte, konnte sie Guillem doch nicht aus dieser Erfahrung ausklammern.

Nur einen Atemzug später fuhr das Taxi vor und hupte. Isabella merkte wohl, dass Guillem noch immer auf eine Reaktion wartete, aber sie hätte in diesem Moment selbst beim besten Willen keine vernünftige Antwort zustande gebracht und presste nur ein »Danke für den schönen Abend« hervor.

Während sie merkte, wie verletzt und schwermütig ihre Stimme klang, drangen ihr Tränen in die Augen. Aus Angst, gleich wahrhaftig loszuweinen, drehte sie sich schnell um, verließ das Haus mit eiligen Schritten und stieg in ihr Taxi. Auch Guillem hatte nichts mehr gesagt. Als sich Isabella kurz vor der Abzweigung zur Uferstraße noch einmal in seine Richtung umdrehte, sah sie aus dem rückwärtigen Fenster des Taxis, dass er noch immer unter der Straßenlaterne stand und ihr nachsah.

7. Kapitel

Am nächsten Morgen erwachte Isabella so jäh, als hätte jemand sie aus dem Schlaf gerissen. Irritiert setzte sie sich auf und sah sich im Zimmer um, konnte aber nichts Besonderes feststellen. Sie sank zurück in ihr Kissen, rieb sich die Augen und wusste mit einem Mal wieder, was sie so abrupt hatte hochschrecken lassen: Ein Traum war es gewesen. Sie konnte sich nicht an ihn erinnern, aber er hatte in ihr ein übermächtiges Gefühl von Verlassenheit ausgelöst, ganz, als hätte sie etwas zurücklassen müssen, woran ihr viel gelegen hatte …

Isabella verkroch sich noch einmal tief unter das Bettlaken, beruhigte sich allmählich und dachte an den vergangenen Abend. Guillem … Ohne Zweifel war er ein höchst interessanter Mann, aber was sie an ihm irritierte, war, dass sie ihn nicht einzuschätzen vermochte. Allein wie er sich manchmal von einer Sekunde zur nächsten in sich zurückzog und verschloss und dann kurz darauf wieder ganz heiter und guter Dinge war … Auch das Armband kam ihr wieder in den Sinn. Sie fragte sich erneut, wo es auf einmal hergekommen und die Leinenjacke hin verschwunden sein könnte. Auf jeden Fall musste zwischen Guillem und der Eigentümerin der Sachen ein gewisses Vertrauensverhältnis bestehen, denn man ließ nicht mal eine Jacke, mal ein Armband bei jemandem zurück, wenn man einander nicht nahe stand. Oder neigte sie nach ihren schlechten Erfahrungen mit Axel dazu, solche Details überzubewerten? Und wer sagte ihr eigentlich, dass beides derselben Frau gehörte? Und überhaupt Armband … Warum legte eine Frau in einer »fremden« Wohnung ein Armband ab? Sie jedenfalls zog ihr Armband nur zum Schlafengehen aus, wenn sie denn mal eines trug, oder wenn sie sich umzog – und sie nahm an, dass dies bei den meisten Frauen der Fall war. Und wenn dies bei dieser Frau genauso wäre, dann konnte dies doch nur bedeuten … Mein Gott, schimpfte Isabella mit sich, habe ich in meinem Urlaub denn nichts Besseres zu tun als über Dinge nachzugrübeln, die mich nichts, wirklich rein gar nichts angehen?

Entschlossen schwang sie die Beine aus dem Bett und sah auf ihre Armbanduhr. Es war erst acht, noch herrlich früh also. Sie ging zum Balkon, zog die Gardinen auf – aber statt sich wie gestern an der herrlichen Aussicht aufs Meer, dem strahlenden Sonnenschein und der milden Morgenwärme zu erfreuen, musste sie erneut an das Armband denken. Sie wusste, dass es albern war, aber doch brachte sie es nicht aus dem Kopf. Verstimmt ging sie zum Kleiderschrank, überlegte, was sie zum Frühstück anziehen sollte, und dann fiel ihr Eric ein. Zu ihrer Schande musste sie sich eingestehen, dass sie in den letzten vierundzwanzig Stunden kein einziges Mal mehr an ihn gedacht hatte. Sie hoffte, ihn beim Frühstück wiederzusehen. Es würde ihr guttun, ein bisschen mit ihm zu plaudern. Sicher bekäme sie dabei auch endlich dieses vermaledeite Armband aus dem Kopf.

Auf einmal hatte Isabella es sehr eilig, nach unten zu kommen. Sie unterzog sich einer Katzenwäsche, wählte das erstbeste Sommerkleid, das ihr in die Hand fiel und schnappte sich ihre Handtasche. Als sie die Hotelhalle betrat, schaute sie sich unwillkürlich um, ob wieder der Mann da war, der ihr vor zwei Tagen nachgesehen hatte, konnte ihn aber nirgends entdecken und war darüber irgendwie ein bisschen enttäuscht. Über sich selbst und ihre Inkonsequenz den Kopf schüttelnd ging Isabella weiter zur Frühstücksterrasse, doch dann machte sie an der Tür plötzlich auf dem Absatz kehrt und verließ das Hotel durch den Haupteingang. Sie hätte keinen Grund dafür nennen können, ja, noch nicht einmal zu sagen vermocht, was sie vorhatte, und sie wollte auch nicht darüber nachdenken, sondern lief einfach immer weiter, gerade, als triebe sie eine geheimnisvolle Kraft an – und stand auf einmal vor einer Bäckerei. Und auch in diesem Moment verbot sie sich nachzudenken. Den Blick starr auf die Verkäuferin gerichtet, ließ sie sich vier ofenfrische Croissants einpacken, zahlte, ging zum Taxistand auf der gegenüberliegenden Straßenseite – und gab dem Fahrer Guillems Adresse.

Mit jedem Meter, den das Taxi sie Guillems Haus näher brachte, wurde es Isabella elender zumute. Was treibe ich hier eigentlich?, fragte sie sich. Verdammt, ich weiß doch ganz genau, dass ich nicht wegen dieser blöden Croissants da hochfahre! Will ich allen Ernstes kontrollieren, ob die Besitzerin des Armbandes dort ist und womöglich die Nacht bei ihm verbracht hat? Aber selbst wenn dem so wäre – was ginge mich das an? Ich bin hier, um Urlaub zu machen, mich zu erholen und um mir über ein paar Dinge klar zu werden! Stattdessen scheine ich immer weniger zu wissen, was und warum ich was tue! – Trotz ihrer Bedenken bat sie den Fahrer nicht zu wenden.

Als sie ihr Ziel erreicht hatten, zahlte Isabella und wartete, bis das Taxi weggefahren war. Auf einmal hatte sie den Eindruck, beobachtet zu werden. Sie schaute zum Nachbarhaus, aber diesmal konnte sie dort keine wackelnde Gardine entdecken, und auch an Guillems Fenster und sonst in der Umgebung konnte sie niemanden sehen. Trotzdem hielt sich das Gefühl hartnäckig. Von Atemzug zu Atemzug empfand sich Isabella mehr als unangemessen neugierigen Eindringling und fragte sich, ob es diesmal nicht einfach ihr schlechtes Gewissen war, das ihr das Gefühl vermittelte, beobachtet zu werden. Noch verunsicherter als zuvor und so zögerlich, als hätte sie Angst vor einem Stromschlag, öffnete Isabella das schmiedeeiserne Gartentor, schob sich in den Vorgarten und ging weiter zur Haustür. Sie hob den Finger, um auf die Klingel zu drücken, ließ ihn dann aber doch wieder sinken und bückte sich, um die Croissants vor der Tür abzulegen und sich wieder davonzuschleichen, als die Tür auf einmal geöffnet wurde – und Guillem mit verwuscheltem Haar und quietschgrünen Unterhosen höchst verwundert zu ihr herabblickte.

»Oh«, machte er und sah an sich hinab, und auch Isabella machte »Oh« und wäre am liebsten im Erdboden versunken. Da der Boden sich aber nicht auftat, blieb ihr nichts anderes übrig, als sich wieder aufzurichten, die Croissant-Tüte wie ein Schutzschild vor dem Leib.

»Nun, ich … also, ich dachte, es sei …« Guillem unterbrach sich, machte Isabella Zeichen einzutreten und schwang sich auf seinen Krücken zurück ins Schlafzimmer. Kurz darauf kam er vollständig bekleidet ins Wohnzimmer. Wen er erwartet hatte und meinte, in Unterhosen begrüßen zu können, erklärte er ihr nicht, und er sagte auch sonst nichts. Er sah sie nur verlegen an, während Isabella, nicht weniger verlegen als er, den gefalteten Rand der Croissant-Tüte knetete und sich sekündlich weiter weg wünschte.

»Ich …« Sie musste sich räuspern, fand ihre Stimme trotzdem nicht wieder und legte schließlich die Tüte mit den Croissants auf dem Esstisch ab. »Ich wollte Ihnen nur etwas zum Frühstücken bringen«, brachte sie endlich krächzend hervor.

Ohne ihn noch einmal anzusehen, ging Isabella zurück zur Haustür. Erst als sie die Klinke schon in der Hand hatte, reagierte Guillem: »Ähm, Moment, wo … wo wollen Sie denn hin? Und die Sachen vom Bäcker … Also, die hatten Sie doch sicher für uns beide gedacht, oder?«

»Nein, ich … habe schon gefrühstückt«, log Isabella in Richtung der Tür und öffnete sie.

»Aber eine Tasse Kaffee können Sie doch trotzdem noch mit mir trinken«, rief Guillem, und als sich Isabella noch immer nicht zu ihm umdrehte, kam er ihr nach und hielt sie am Arm fest. Die Berührung durchzuckte Isabella, als hätte sie der Blitz getroffen. Sie fuhr zu ihm herum. Ihr Blick traf genau den seinen, und je tiefer sie in seinen Augen versank, desto klarer wurde ihr, dass sie einen großen Fehler gemacht hatte: Sie hätte nicht wieder herkommen dürfen. Auf gar keinen Fall hätte sie wieder herkommen dürfen. Aber jetzt war es zu spät. Ihr dummes Herz klopfte schon bis zum Hals.

Kurz darauf trug Isabella zwei Tassen heiß dampfenden Kaffees auf die Terrasse, und als sie sie vor Guillem auf den Tisch stellte, knurrte ihr Magen so vernehmlich, dass Guillem ihr wortlos ein Croissant neben ihre Tasse schob und mit einem breiten Grinsen meinte: »Das Frühstück in dem Hotel scheint ja nicht gerade der Hit zu sein – wenn Ihr Magen nach so kurzer Zeit schon wieder einen solchen Notstand hat. Also, ich an Ihrer Stelle würde mich da beschweren!«

Obwohl es Isabella unangenehm war, bei ihrer kleinen Schwindelei ertappt worden zu sein, musste sie in Guillems Grinsen einstimmen, wechselte dann aber doch lieber das Thema: »In welchem Jahr waren Chopin und George Sand eigentlich auf Mallorca?«

»Im Winter 1838/39 – wobei einem blanke Zahlen meist wenig sagen. Lassen Sie es mich also lieber so formulieren: Sie verließen Frankreich ein paar Jahre nach der Abdankung Napoléon Bonapartes und der kurzen Regierungszeit der Bourbonen. 1830 war es in Frankreich zur Julirevolution gekommen, die den tyrannischen Charles X. gestürzt und ihn durch den Bürgerkönig Louis-Philippe ersetzt hatte. Die Zeiten, welche die beiden geprägt hatten, waren also sehr bewegte, und das Leben und Denken in Frankreich hatte überdies rein gar nichts mit dem Leben und Denken auf Mallorca zu tun. Bei uns auf der Insel ging es damals noch sehr ruhig, einfach und ländlich zu; die Menschen lebten von der harten Arbeit in den Weinbergen, Olivenhainen und Zitrusfrüchten-Plantagen oder verdienten sich ihr täglich Brot in Leder- oder Schmuckmanufakturen. In Frankreich dagegen herrschten schon weitaus modernere Zeiten: Unter der Regierung des Bürgerkönigs hatte das Bürgertum, dem ja auch Sand und Chopin angehörten, zusammen mit der Wirtschaft einen enormen Aufschwung genommen, wozu natürlich auch die Einführung der Eisenbahn beigetragen hatte. Man war mobil, man war fortschrittlich, man tat, was man wollte und sagte, was man dachte – und George Sand war eine der großen Wortführerinnen ihrer Zeit. Erst wenn man dies im Hinterkopf hat, kann man sich eine Vorstellung davon machen, welches, gelinde gesagt, ›Aufsehen‹ sie und Chopin auf Mallorca erregt haben müssen.« Guillem nahm sich ein zweites Croissant und tunkte es in die Reste seines Kaffees. »Auch für die beiden war es natürlich nicht einfach: Zu Hause in Paris gehörten die Schriftsteller Honoré de Balzac und Alexandre Dumas, der Maler Eugène Delacroix und der Komponist Franz Liszt, über den Sand übrigens Chopin kennengelernt hatte, zu ihren engsten Freunden – hier auf Mallorca trafen sie dagegen auf einfache Bauern, die ganz sicher mit keinem dieser Namen etwas anzufangen wussten.«

»Wie alt waren George Sand und Chopin zu diesem Zeitpunkt?«

»Als sie auf der Insel eintrafen, war Sand vierunddreißig. Sie kamen übrigens mit Sands beiden Kindern. Zwei Jahre zuvor hatte sie sich scheiden lassen und lebte schon sehr gut von ihren Romanen. Chopin war einige Jahre jünger als sie; er war erst achtundzwanzig.«

»Oh, so allmählich wird mir klar, was Sie mit ›Aufsehen erregen‹ meinen: Eine überaus moderne, geschiedene Frau zieht mit ihren beiden Kindern und ihrem erheblich jüngeren Liebhaber auf eine Insel, auf der jeder jeden kennt. Mit all dem fielen die beiden auf der Insel sicher ebenso auf wie ein kariertes Pferd im Hühnerstall, wie meine Großmutter jetzt sagen würde.«

Guillem lachte auf. »Und ob die beiden bei uns auffielen, und obendrein alles andere als angenehm. Vor allem George Sands überaus selbstbewusstes Auftreten war ein Affront für die stolzen Mallorquiner. Natürlich war George Sand in Frankreich DIE Sand, eine Frau, die es gewöhnt war, dass man ihr zumindest in ihren Kreisen jeden Wunsch von den Augen ablas, sie bewunderte und verehrte – aber hier war George Sand nicht in Frankreich, sondern auf einer Insel, auf der die meisten nicht mal lesen konnten. Für diese Menschen war sie vor allem eines: eine unmoralische Frau, die Zigaretten rauchte, ihre Tochter in Hosen herumlaufen und sich nie in der Kirche blicken ließ.«

»Kurzum: ein riesengroßer Skandal!«

Guillem nickte. »Und die Mallorquiner ließen sie spüren, dass sie sie hier nicht wollten. Und genau dafür hat sich Sand an den Mallorquinern gerächt.«

»Ach, und wie?«

»Indem sie sie in ihrem Roman ›Ein Winter auf Mallorca‹ genauso beschrieben hat, wie sie die Mallorquiner in diesem Winter empfunden hat: als dumm, faul und diebisch wie die Elstern.«

Isabella lachte auf. »Das hört sich in der Tat nicht nach einem innigen Verhältnis an!«

»So ist es!« Guillem tupfte sich die Lippen mit einer Serviette ab und legte sie neben seine leere Tasse. »Was halten Sie davon, wenn ich Ihnen die Kartause, in der die beiden gewohnt haben, gleich heute zeige? Ich muss ohnehin nach Valldemossa, um für einen Kollegen einzuspringen, der dort sonst täglich für die Touristen ein kleines Chopinkonzert gibt.«

»Ich … also sehr gern, aber was ist mit Ihrem Bein?«, stotterte Isabella.

»Da ich zum Klavierspielen nicht den linken, sondern nur den rechten Fuß brauche, ist der Gips kein Problem«, beruhigte er sie. »Und ganz sicher wird mein Bein auch nicht auf Baumstammdicke anschwellen, nur weil ich fünfzehn Minuten Klavier spiele.«

Aber die Fahrt …, wollte Isabella noch zu Bedenken geben, ließ es dann aber doch. Guillem war schließlich alt genug, um auf sich aufzupassen, und die Ansicht des Arztes kannte er ebenso gut wie sie. Außerdem brannte sie nach diesen Informationen darauf, die Räume der beiden in Valldemossa mit eigenen Augen zu sehen, und fand es überdies mehr als verlockend, Guillem dort bei einem Chopinkonzert zu erleben. Statt weiterer Einwände nickte sie also einfach, und schon eine halbe Stunde später gingen sie zu Guillems Wagen. Auf dem Weg dorthin hob Guillem die Tageszeitung auf, die ein Bote ihm vor die Haustür gelegt hatte – und im gleichen Moment wurde Isabella klar, wen, nein: was! er vorhin meinte auch in Unterhosen ins Haus »lassen« zu können. Erleichtert blies sie sich eine Haarsträhne aus dem Gesicht und musste auf einmal so breit grinsen, dass ihr fast das Gesicht wehtat.

8. Kapitel

Anders als an dem Tag, als sie Guillem von den Bergen ins Krankenhaus und nach Hause gefahren hatte, hatte Isabella heute sehr wohl ihre Brille in der Tasche, doch selbst als sie schon hinter dem Steuer von Guillems Wagen saß, wagte sie noch nicht, sie aufzusetzen. Wie kann eine erwachsene Frau nur dermaßen kindisch sein?, knurrte sie in sich hinein und machte sich Vorwürfe, dass es leichtsinnig und unvernünftig war, ohne ihre Brille Auto zu fahren, aber sie war so froh, ja, sogar richtig stolz, hier neben Guillem zu sitzen und ihn zu dem Konzert zu fahren, dass sie sich diesen Moment keinesfalls von so etwas Unschönem wie ihrer Brille zerstören lassen wollte. Allein die Vorstellung, dass Guillem genau wie Axel reagieren könnte, trieb ihr die Schamesröte ins Gesicht. Zu ihrem Glück wies Guillem ihr ohnehin den Weg, so dass sie keine Schilder lesen musste und es Guillem damit auch nicht auffallen konnte, dass auf ihrer Nase eigentlich etwas fehlte.

Da Isabella bisher nur die Strecke von Palma nach Alcúdia und den nordöstlichen Küstenbereich von Mallorca kannte, staunte sie, als sie nun sah, wie unterschiedlich die Landschaften auf der Insel waren. Je weiter sie gen Westen kamen, desto grüner und dichter bewaldet wurde die Insel – einschließlich der Bergspitzen. Und was sie nicht weniger wunderte, war, wie völlig unbewohnt manche Landstriche waren, obwohl sie so grün und fruchtbar wirkten.

»Ich hätte nie gedacht, dass Mallorca bei all seinem Tourismus noch so rustikal-ländliche und geradezu vergessene Regionen hat«, meinte sie zu Guillem. »Ich bin überhaupt erstaunt, wie wenig dicht die Insel besiedelt ist.«

»Dann sollten Sie die Insel erst mal außerhalb der Saison erleben! Vor allem im Nordosten gibt es dann kaum noch eine Menschenseele, die Küstenorte ähneln wahren Geisterstädten. Aber ich liebe diese Zeit. Gerade im November und im zeitigen Frühjahr ist der Strand von Alcúdia für mich am schönsten: Oft trifft man dann kaum noch ein Dutzend Spaziergänger am Strand, aber das Meer ist noch warm genug, um an sonnigen Tagen schwimmen zu gehen. Es ist ein gigantisches Gefühl, der einzige Schwimmer in dieser riesigen Bucht zu sein!«

Nach einer knappen Stunde Fahrzeit führte sie eine Serpentinenstraße hoch nach Valldemossa, das im Herzen der Berge von Tramuntana lag. Es war ein kleiner Ort, dessen schlichte Häuser mit blassen, fast sonnengebleicht wirkenden rötlich-erdfarbenen Steinen und Dachziegeln errichtet worden waren, und auch die terrassierten Hänge der Umgebung waren mit den gleichen Steinen abgefangen. Die einzig kräftigeren Farbtupfer in dem Landschaftsbild stellten die grün lackierten Holzläden und die üppig blühenden Blumenkästen der Häuser dar. Isabella war fasziniert davon, wie harmonisch sich der Ort in die Umgebung mit ihren Olivenbäumen, Platanen, Pinien und Palmen einfügte.

»Diese ganzen stumpfen Töne … eine richtige Wohltat für die Augen. Mir war bisher nicht bewusst, wie sehr Farben in einer Landschaft Stille und Friedlichkeit vermitteln können«, seufzte Isabella hingerissen und fand es mehr als verständlich, dass es George Sand und Chopin gerade hierher gezogen hatte. Ja, der Ort war ein Traum!

Auch noch hundertsiebzig Jahre nach Chopin und Sand war Valldemossa trotz der Touristenströme, die es Jahr um Jahr anzog, letztlich ein Dorf mit kaum zweitausend Seelen, und so konnte es Isabella nicht verwundern, dass sie auf dem kurzen Weg vom Parkplatz zum Kloster, in dem der Konzertsaal und die Kartause untergebracht waren, etlichen Menschen begegneten, die Guillem kannten. Auf der Herfahrt hatte er ihr erzählt, dass er schon seit vielen Jahren mit einem der beiden Pianisten befreundet war, die hier rund ums Jahr Chopinkonzerte gaben, und dass er seinen Freund schon einige Male vertreten hatte. Der Bäcker, der Weinhändler an der Ecke und auch die eine oder andere Boutiquebesitzerin winkten Guillem grüßend zu, und Isabella entgingen auch nicht deren neugierige Blicke, wenn sie auf sie aufmerksam wurden. Besonders innig war die Begrüßung zwischen Guillem und dem Museumswärter. Sie umarmten sich, klopften sich auf die Schulter, und direkt anschließend begrüßte der kleine Mann mit den sympathischen, samtschwarzen Augen auch Isabella, und das mit einer so großen Herzlichkeit, als wäre sie schon seit Jahren Guillems ständige Begleiterin. Auch dass Guillem sie nach einem kurzen Blick in den Konzertsaal mit in seine Garderobe nahm, verlieh Isabella das Gefühl, zu ihm zu gehören – und sie musste sich eingestehen, dass ihr dieses Gefühl gefiel.

Als Isabella sah, dass Guillem nun seine Shorts und sein T-Shirt gegen seinen Anzug wechseln wollte, verließ sie den kleinen Raum wieder, doch nur Sekunden später rief Guillem sie schon zurück. »Können Sie zufällig zaubern?«

Isabella öffnete die Tür, blickte durch den Spalt und sah,

wie Guillem in Unterhosen und mit einem Gesicht dasaß, das sich noch nicht entschieden hatte, ob es lieber lachen oder weinen sollte. Er hielt die Anzughose in die Höhe. »Verdammt, ich habe nicht bedacht, dass ich mit meinem Gips gar nicht in die Hose reinkomme.«

Isabella drückte sich wieder in die Garderobe und sah sich das Hosenbein mit gerunzelter Stirn an. »Nun ja, ich könnte die äußere Beinnaht bis über das Knie auftrennen, dann müssten Sie genug Platz für den Gips haben. Aber um die Hose später wieder richtig zusammenzunähen, müssen Sie sie schon zu einer Schneiderin bringen.«

»Und heute gehe ich mit offenem Hosenbein auf die Bühne?«

Isabella sah, wie Guillem der Schweiß ausbrach, und musste lachen. »Na, ich denke, es gibt bei einem Mann schlimmere Stellen, die an einer Hose offenstehen können, aber keine Sorge, ich hatte schon vor, das Hosenbein zumindest provisorisch zuzunähen, und wenn das nicht ganz so perfekt wird, macht das eigentlich nichts: Ihr linkes Bein ist beim Klavierspielen doch ohnehin von den Zuschauern abgewandt.«

»Stimmt«, brummelte Guillem, »und das Licht im Konzertsaal ist auch ziemlich schummrig … Ja, das könnte gehen, allerdings haben wir nur noch zwanzig Minuten. Schaffen Sie das denn so schnell?«

»Wenn Sie mir Nadel und Faden besorgen …«

Binnen weniger Augenblicke hatte Guillem von der Frau des Museumswärters die nötigen Utensilien beschafft, und Isabella konnte zur Tat schreiten. Als Guillem das Bein samt Gips durch den Einstieg der Hose gebracht hatte und Isabella sich ans Zunähen machte, entspannte er sich allmählich und meinte schließlich mit einem breiten Grinsen: »Wo Sie mir jetzt schon so an die Wäsche gehen, könnten wir einander eigentlich auch duzen, meinen Sie nicht?«

Obwohl Isabella seine Worte ganz genau gehört hatte, sah sie wie festgenagelt weiter auf ihre Näharbeit und versuchte, sich ganz auf ihre Nadel zu konzentrieren – was ihr allerdings nicht gelang. Seine Frage hatte ein solches Herzklopfen in ihr ausgelöst, dass auch in ihrem Kopf nur noch ein einziges, wildes Pochen herrschte.

»Isabella …?«, fragte Guillem leise.

Isabella holte Luft, sah nun doch zu ihm auf, nickte hastig und blickte gleich wieder auf ihre Hände. Sie wollte nicht, dass er sah, wie sehr sein Angebot sie freute, aber als sie hörte, wie intensiv und geradezu selig er nach ihrem Nicken ausatmete, ahnte sie, dass er es trotzdem gesehen hatte und sich ebenso freute wie sie – und das machte sie gleich noch einmal so glücklich.

Kurz darauf konnte Guillem sein zugenähtes Hosenbein im Spiegel betrachten. »Super, wirklich, ganz hervorragend! Mensch, Isabella, Sie, äh, du, du hast mich gerettet! Wenn du nicht auf diese geniale Idee gekommen wärst, hätte das heutige Konzert entweder ausfallen oder in Shorts stattfinden müssen – und ich möchte nicht wissen, was mein Freund dann zu hören bekommen hätte!«

Guillem strahlte sie noch einmal an und reichte ihr die Hand, um ihr aufzuhelfen. Isabella zögerte, seine Hand zu ergreifen, denn sie ahnte, dass dies nicht ohne neuerliches Herzklopfen vonstattengehen würde, aber Guillem lächelte sie in diesem Moment so überaus gewinnend und anziehend an, dass ihr Herz ohnehin aus dem Takt geriet und sie seine Hand dann doch ergriff. Anschließend sah sie noch zu, wie er sich fertig anzog, rückte ihm die Krawatte zurecht und wünschte ihm viel Erfolg.

»Die Touristen sind in der Regel ein sehr dankbares Publikum, darum mache ich mir weniger Gedanken. Der weit wichtigere Wunsch wäre heute eigentlich: ›Hals- und Beinbruch‹!«

Isabella sah ihn verständnislos an.

»Na ja, wegen der Krücken und dem alten Parkett auf der Bühne. Könnte eine rutschige Angelegenheit werden …« Er hob die Augenbrauen.

»Oh«, machte Isabella. »Dann solltest du allerdings achtgeben!« Sie wunderte sich, wie leicht ihr bei ihm das Du über die Lippen kam – und wie sehr sich ihr Puls dabei beschleunigte.

»Ich werde mir die größte Mühe geben!« Guillem nickte ihr zu, erklärte ihr noch einmal kurz, wie sie von der Garderobe in den Konzertsaal kam, und erinnerte sie daran, dass der Museumswärter ihr einen Stuhl in der ersten Reihe reserviert hatte. »Bis nachher!«

Isabellas Platz war der letzte noch freie, so dass sie doppelt froh war, dass Guillem einen Stuhl für sie hatte reservieren lassen. Während sie auf Guillems Auftritt wartete, sah sie sich interessiert im Saal um. Die riesigen Gemälde aus früheren Zeiten gaben ihr ebenso wie die schweren, tiefroten Samtvorhänge seitlich der Bühne das Gefühl, einen Zeitsprung ins neunzehnte Jahrhundert gemacht zu haben – nur dass der Flügel, der auf einem ebenfalls samtummantelten Podest in der Mitte der Bühne stand, zweifellos neueren Datums war.

Dann betrat Guillem die Bühne. Vom ersten Schritt an zitterte Isabella bei der Vorstellung, dass er mit den Krücken auf dem glatten Boden ausgleiten könnte, aber er gelangte ohne Probleme zum Flügel und zwinkerte ihr von dort aus so schelmisch zu, dass Isabella erkannte, dass er nie wirklich Angst gehabt hatte, ausrutschen zu können. Sie grinste kopfschüttelnd zurück, und für einen Moment entstand dabei ein so starkes Band der Einheit zwischen ihnen, dass es ihr fast den Atem nahm. Es schien nur noch ihn und sie zu geben, diesen Blick zwischen ihnen, ihre Nähe zueinander, die so intensiv war, als hätte jemand eine unsichtbare Mauer um sie gezogen …

Wäre mit dir alles anders?, schoss es Isabella durch den Kopf. Endlich so, wie es sein sollte? Zwei Menschen, die sich liebten und achteten, einander vertrauen konnten und einfach nur glücklich miteinander waren?

Nur zu gern hätte sich Isabella in diesem Moment erhoben und diese Fragen Guillem gestellt, aber dann spürte sie einen kühlen Lufthauch an ihrem rechten Arm und ihrer Wange. Sie wandte den Blick und sah, dass die Dame neben ihr ihren Fächer aufgeschlagen hatte und sich Kühlung zufächelte. Isabella blickte sich noch weiter um. Sie war verwundert, verwundert vor allem, weil niemand etwas von diesem besonderen Moment zwischen ihr und Guillem bemerkt zu haben schien. Ewigkeiten schienen ihr vergangen zu sein. Eine der schönsten Ewigkeiten, die sie je erlebt hatte …

Als sie den Kopf zurück zur Bühne wandte, nahm Guillem gerade seinen Platz ein. Er übergab dem Museumswärter seine Krücken mit einer so großen Selbstverständlichkeit, als sei dies weltweit ein üblicher Bestandteil von Chopin-Konzerten, stellte sich den Zuhörern kurz auf Spanisch und Deutsch vor und erklärte ihnen, welche Stücke von Chopin er spielen würde. Er begann mit einer Polonaise. Leicht wie

Schmetterlingsflügel glitten seine Hände über die Tasten, und obwohl Isabella schon bei dem Musikvortrag in seinem Haus gemerkt hatte, dass er ein ganz wundervoller Pianist war, riss sie diese Darbietung doch noch einmal auf eine ganz andere Art mit. Es war die Art, wie Guillem spielte und die ganz eigene Interpretation, die er dem Stück gab, so als hätte er sich persönlich mit Chopin darüber unterhalten, welche Stellen in seinem Stück betont und herausgehoben, welche wie flüsternde Dialoge gespielt und welche weich und fließend wie die Brandung des Meeres zu präsentieren seien … Ja, gestand sie sich ein, auch bei ihm zu Hause war ihr das schon aufgefallen, aber hier trat dieses tiefe Verständnis noch viel stärker hervor: Guillem spielte nicht nur einfach »etwas« – wie hier »etwas« von Chopin –, er lebte es auch, ließ sein Herz, seine Leidenschaft, seine Gefühle und seine ganz eigene Erkenntnis bezüglich dieser Musik nicht weniger als sein Können einfließen. Auch ohne spezielle musikalische Vorbildung war Isabella klar, dass sein Chopin-Vortrag an Virtuosität kaum zu übertreffen war.

Als zweites Stück kündigte Guillem Chopins Revolutionsetüde in c-Moll an. Seine Linke spielte in so rasanten Sechzehntelbewegungen, dass Isabella sich unwillkürlich aufsetzte, gerade, als könne sie kaum glauben, was sie sah und hörte, und als wolle sie seinem Spiel auf diese Weise noch näher kommen. Im Anschluss an die Darbietung applaudierte sie ebenso begeistert wie alle anderen Zuschauer. Guillem erhob und verbeugte sich unter dem immer wieder neu anschwellenden Beifall, sah dabei allerdings ganz wie zuvor nur zu einer einzigen Person. Selig erwiderte Isabella seinen Blick.

Nach dem Konzert wartete Isabella einen Moment, bis sie sicher sein konnte, dass Guillem wieder in seiner Garderobe war, und machte sich dann auf den Weg zu ihm, um ihm aus seiner Hose herauszuhelfen. Je näher sie dem kleinen Raum kam, desto heftiger flatterte ihr Herz. Diese Nähe, die sich eben über diese räumliche Distanz zwischen ihnen aufgebaut hatte … Fast hatte sie Angst, dass sie auch in dem kleinen Zimmer aufkommen könnte, wo es kein Ausweichen gab. Mein Gott, seufzte Isabella, will ich nun, dass er mich liebt, oder will ich es nicht? Und ich? Liebe ich ihn? Waren diese Worte nicht viel zu stark, zu groß für ihre Empfindungen? Vielleicht war es ja nur diese Musik, die sie so anzog? Nein, widersprach sie sich, nein, es war auf jeden Fall mehr als das. Aber wie viel mehr?

Noch ehe sie sich die Antwort darauf geben konnte, sah sie Guillem auch schon. Er winkte ihr vom Flur aus zu. »Prima, dass du kommst. Ich habe schon befürchtet, ich müsse jetzt den Rest meines Lebens in der Anzughose stecken bleiben!«

Ganz locker rief er das, leicht, unbeschwert und heiter … Trotzdem wich Isabella seinem Blick aus. Sie folgte ihm in den Raum, trennte die Hosennaht auf und konzentrierte sich dabei ganz auf ihre Arbeit und darauf, seinen Blick zu meiden, damit erst gar keine Nähe aufkommen konnte. Geradezu erleichtert trat sie danach wieder in den schmalen Korridor vor der Garderobe, während er sich noch eben seine Shorts anzog, und lehnte sich gegen die Wand, um durchzuatmen.

Als Guillem heraustrat, schlug er ihr vor, eine Tasse Kaffee trinken zu gehen. Er führte Isabella in das kleine Restaurant, das direkt neben dem Klosteranwesen lag. Die lindgrün lackierten Korbstühle auf der Terrasse des Lokals wirkten einladend frisch, die großen Leinensonnenschirme versprachen Schutz vor der Mittagssonne, doch leider waren alle Tische besetzt, und es sah auch nicht danach aus, als würde in den nächsten Minuten ein Tisch frei werden. Als sie gerade wieder gehen wollten, rief ihnen eine kleine, rundliche, schon ältere Frau nach: »*Eh, Guillem, ven aquí! No te atreves a irte sin saludar a tu tía Angelita!*«

Guillem drehte sich um und strahlte auf. »*Angelita, tía! Qué alegría de verte; no esperaba encontrarte aquí!*«

Sie umarmten sich und begrüßten sich mit herzlichen Wangenküssen.

»*Caramba, Guillem, que bien acompañado estas! Quién es esta joven tan guapa a tu lado, rompecorazones? No quieres presentármela?*«, fragte die Alte mit schelmischem Blick.

»Aber natürlich mache ich euch gern miteinander bekannt: Isabella, das ist meine Tante Angelita; Angelita, das ist meine Lebensretterin Isabella Kunatz«, erklärte Guillem erst auf Spanisch und dann auf Deutsch.

Guillem und seine Tante unterhielten sich weiter, aber sie sprachen so schnell, dass Isabella kaum etwas verstand. Außerdem hingen ihre Gedanken auch noch immer bei einem Wort, das Guillems Tante eben bei der Begrüßung zu Guillem gesagt hatte: »*rompecorazones*«. Hieß das nicht Herzensbrecher?

»Was meinst du, Isabella? Wollen wir es so machen, wie meine Tante vorgeschlagen hat? Wir schauen uns erst die Klosterzellen von Sand und Chopin an, und wenn der nächste Tisch in ihrem Restaurant frei wird, reserviert sie den für uns?«

»Äh, ja, gern!«, erwiderte Isabella und fügte dann noch einmal mit mehr Enthusiasmus hinzu: »Sehr gern sogar!« –

aber irgendwie hörten sich auch diese Worte mehr höflich als herzlich an. Doch als sie dann sah, wie Guillem sie in diesem Moment anstrahlte, schmolz das hässliche Wort *rompecorazones* in ihrem Kopf wie Eis in der Mittagssonne …

Der Rundgang durch die Klosterräume und die Zellen, die Sand und Chopin damals im Kloster bewohnt hatten, begeisterten Isabella, auch wenn es heute eher Museumsräume waren, als dass sie wirklich zeigten, wie das Liebespaar dort mit Sands Kindern gelebt hatte. Und trotzdem: Allein das Wissen, dass diese zwei außergewöhnlichen Menschen hier herumgelaufen, geredet und gelacht, sich gestritten und geliebt hatten, verlieh diesen Räumen etwas ganz Besonderes. Heute schmückten die Wände wertvolle Bilder mit den beiden, dazwischen standen in verglasten Ausstellungsregalen handgeschriebene Manuskript- und Notenseiten – und natürlich konnte man auch einen Blick auf Chopins Klavier werfen.

»Aber das Genialste ist die Aussicht, die man von diesen Räumen aus hat«, seufzte Isabella, als sie in der letzten der Klosterzellen Chopins ankamen. Genau wie die anderen Räume hatte auch dieser hier einen atemberaubenden Blick über den wunderschön angelegten Garten hinweg zu den Bergen, dem sich dazwischen ausbreitenden Tal und dem einige Kilometer entfernt liegenden Meer. Das Fenster hier war besonders groß, arkadenförmig und mit Sprossen versehen, wodurch der Blick einerseits weit umfassender als von den anderen Räumen war und er andererseits auch einen besonders schönen Rahmen hatte.

»Wenn ich malen könnte, würde ich genau das hier auf eine Leinwand bannen«, seufzte Isabella. »Ja, genau dieses wunderschöne Fenster mitsamt seinem atemberaubenden Ausblick!«

Guillem nickte. »Da soll noch mal einer behaupten, früher hätte man für solche Dinge noch keinen Sinn gehabt. Mönche sind eben auch keine Kunstverächter!«

»Wenn man das alles hier so sieht, versteht man kaum, was Sand eigentlich an den Mallorquinern und ihrem Aufenthalt auf der Insel auszusetzen hatte«, meinte Isabella. »Das alles hier ist doch ein Traum!«

»Im Sommer gewiss, aber die beiden waren im Winter hier – da war es überall nasskalt, ich glaube, teilweise regnete es sogar in die Räume hinein, und dazu hat ihnen ihr Personal wohl ziemlich übel mitgespielt, und das waren leider nicht die einzigen. Zur Ehrenrettung meiner Landsleute muss man allerdings auch sagen: ›Wie man in den Wald ruft, so schallt es heraus.‹«

»Eigentlich ist es ja paradox: So wenig wie sich die Mallorquiner und George Sand mochten, so sehr profitieren die Menschen von Valldemossa heute von der Tatsache, dass Sand diesen einen Winter mit Chopin hier verbracht hat.«

»Man könnte den Gedanken auch noch weitertreiben: Im Prinzip helfen die Mallorquiner auch noch selbst dabei, dass die ›Gemeinheiten‹, die George Sand über sie geschrieben hat, unter die Menschheit gebracht werden.«

Isabella musste lachen. »Ja, irgendwie schon, nicht?«

»Daran sieht man, dass der Mallorquiner zum einen nicht nachtragend und zum anderen eine gute Haut ist!«, rief Guillem und zwinkerte Isabella zu.

»Oder dass er einfach nur sehr geschäftstüchtig ist«, gab Isabella keck zurück.

Guillem lachte, zog sie in einen Raum, in dem Sands Roman »Ein Winter auf Mallorca« in vielen Sprachen zum Kauf angeboten wurde und erstand ein spanisches Exemplar für sie.

»Zur Erinnerung an diesen Tag, und damit du anfängst, dein Spanisch wieder aufzufrischen«, meinte er, als er es ihr reichte, und schaute sie dabei so beredt und eindringlich an, dass Isabella ganz weich in den Knien wurde und sie für den Moment so durcheinander war, dass sie noch nicht einmal mehr ein »Danke« zustande brachte. Nur Guillem immer weiter ansehen konnte sie, bis ein Mann ihn ebenso ungeduldig wie unsanft zur Seite schob, weil auch er an die Kasse treten und sein Buch bezahlen wollte.

»Dass es Urlauber immer so unglaublich eilig haben müssen …«, murmelte Guillem auf Spanisch, aber in seiner Stimme klang kein Ärger, sondern nur Verwunderung mit – eine Verwunderung, die auch Isabella empfand und die, genau wie bei Guillem, in keiner Weise den vorpreschenden Touristen betraf, sondern einzig sie beide.

Wieso küsst du mich eigentlich nicht?, pochte es in diesem Augenblick in Isabellas Kopf. Verdammt, warum zögerst du? Oder wartest du allen Ernstes darauf, dass ich den ersten Schritt tue?

Doch Guillem schien nicht im Entferntesten auf diese Idee zu kommen, sondern erinnerte sie stattdessen daran, dass inzwischen sicher ein Tisch für sie frei war und sie seine Tante nicht warten lassen sollten. Immerhin klang seine Stimme sehr danach, als müsse er sich zu diesen Worten zwingen und als habe er sich dafür erst einmal mühsam aus einer anderen Welt zurückkämpfen müssen. Auch Isabella hatte Schwierigkeiten, wieder an die Realität des Andenkenladens anzuknüpfen. Zwar nickte sie auf Guillems Worte hin, aber ihr war, als führe jemand anderes diese Bewegung für sie aus. Essen gehörte definitiv nicht zu der Welt, in der sie gerade eben noch gewesen war. Dann entzog Guillem ihr endgültig seinen Blick, und im gleichen Moment fröstelte es Isabella trotz der brütenden Mittagshitze. Sie schlang ihre Arme um den Oberkörper, und in ihre Miene trat etwas Verlorenes – und Sehnsüchtiges …

Im Restaurant von Guillems Tante erwartete sie in der Tat schon ein freier Tisch. Die kleine, alte Dame kam mit freudigen Trippelschritten auf sie zu und hieß sie erneut willkommen. »Setzt euch, setzt euch hierher, und lasst euch überraschen, was ich für euch vorbereitet habe. Ich hoffe sehr, ich habe euren Geschmack getroffen und ihr habt einen ordentlichen Hunger mitgebracht!«, rief sie auf Spanisch.

Kurz darauf brachte der Ober ihnen eine Flasche Wasser und eine Karaffe *vino tinto*. Guillem schenkte ihnen von beidem ein und stieß mit Isabella an. »Auf meine Lebensretterin!«

»Auf diesen wunderschönen Tag!«, gab Isabella zurück und sah ihm in die Augen.

Als sich ihre Blicke trafen, hatte sie für einen Moment das Gefühl, von hitzigen Pfeilen getroffen zu werden, aber dann wich Guillem ihr auch schon wieder aus.

Am Nebentisch erhob sich ein Paar und verließ Arm in Arm die Terrasse. Guillem nahm die Tageszeitung, die sie auf ihrem Tisch hatten liegen lassen, und winkte ihnen damit hinterher. »*Habéis olvidado vuestro periódico*!«

Der Mann drehte sich wieder um, winkte jedoch ab. »*Ya lo hemos leído, gracias*!« – woraufhin Guillem die Zeitung behielt und kurz die Schlagzeilen überflog. Isabella sah derweil über den Platz, irgendwann dann zurück zu Guillem, der noch immer in die Zeitung vertieft war, und hatte auf einmal das Gefühl eines Déjà-vus. Die Art, wie er dasaß … fast wie der Mann, den sie an dem Tag beobachtet hatte, als sie die Wanderschuhe gekauft hatte – oder besser gesagt: der sie beobachtet hatte. Seit sie Guillem kannte, hatte sie den Mann eigentlich nie wieder gesehen, ja, auch im Hotel hatten sich ihre Wege nicht mehr gekreuzt … Noch ehe Isabella dazu kam, weiter über diesen Zufall nachzudenken und ob das wirklich ein Zufall sein konnte, servierte der Kellner ihnen die Vorspeise. Es war ein liebevoll angerichteter Salat mit warmem Ziegenkäse, hausgemachten einlegten Oliven und frischen Kräutern, zu dem es, natürlich, auch *pa amb tomàquet* gab. Mit großem Appetit griffen die beiden zu, sprachen noch ein wenig über das Museum, und schließlich fragte Guillem Isabella, woher sie eigentlich Spanisch könne. »Hast du das in der Schule gelernt?«

»Nein, mit Anfang zwanzig, als ich für ein knappes Jahr als Au-pair-Mädchen in Barcelona war. Ich wünschte nur, ich hätte nicht so viel davon vergessen. Als du vorhin mit deiner Tante gesprochen hast, habe ich jedenfalls fast nichts verstanden.«

»Als Au-pair-Mädchen, oha!« Guillem spitzte die Lippen wie zu einem Pfiff und bekam dabei einen immer verschmitzteren Blick. »Und wie hieß der Glückliche, den du aus all den jungen Männern erwählt hast, die dir damals zu Füßen gelegen haben?«

Beim Gedanken an die ersten Wochen mit Ferran kam ein verträumtes Glitzern in Isabellas Augen, denn so wenig schön das Ende ihrer Beziehung gewesen war, so traumhaft war der Beginn, an den sie jetzt dachte. Mit einer roten Rose zu San Jordi hatte es angefangen, gefolgt von dem Besuch eines Strandkonzertes und einer sich daran anschließenden unvergesslichen Sommernacht … Trotzdem hatte Isabella nicht vor, Guillem Ferrans Namen zu verraten und auch sonst nichts, was Ferran und sie betraf. Also lächelte sie nur zurück, und das womöglich sogar noch breiter als er, und fragte: »Magst du eigentlich lieber die mallorquinische oder die deutsche Küche?«

Guillem lachte auf, seine Augen blitzten vor Schalk und Vergnügen – und dann trafen sich ihre Blicke, und genau wie vorhin im Konzertsaal verloren sie sich auch jetzt wieder ineinander … Noch nie in ihrem Leben hatte ein Blick Isabella tiefer berührt.

Nach dem überaus köstlichen Salat gab es einen exzellenten *estofado de jabalí al vino tinto*, Wildschweinbraten in Rotweinsoße, der Isabella zum Schwärmen brachte. Und auch sonst fühlte sie sich rundum wohl und heiter und lachte immer unbeschwerter. Sie fühlte sich so lebendig und glücklich wie schon sehr, sehr lange nicht mehr und genoss die vertraute Nähe zwischen ihnen wie ein wohliges Bad. Als Guillems Tante ihnen zum Abschluss des köstlichen Mahls noch einen kräftigen *café solo* versprach, lehnte sich Isabella selig zurück und seufzte: »Ach, Guillem, das ist heute ein so herrlicher Tag; ich weiß gar nicht, wie ich dir dafür danken soll – und deine Tante und ihr wunderbares Essen tragen natürlich auch erheblich dazu bei, dass ich mich heute so richtig pudelwohl fühle!«, fügte sie noch mit Blick auf seine Tante hinzu.

Guillem erwiderte ihr Lächeln und übersetzte ihre Worte

für seine Tante, die Isabella einen dankbaren Blick zuwarf. Danach wandte sich die Tante an Guillem.

»*Por cierto, cariño, cómo vas con esta ›historia‹?*«, fragte sie ihn. »*Se aclaran la cosas? O eres aún más rompecorazones de lo que había pensado?*«

Die Tante milderte ihre letzten Worte mit einem Zwinkern ab, aber Isabella musste doch schlucken. Wenn sie richtig verstanden hatte, wollte die Tante wissen, wie Guillem mit dieser »Geschichte« vorankam und ob da eine Klärung in Sicht sei – und irgendwie stand all das in Zusammenhang damit, dass sie Guillem vorhin einen *rompecorazones* genannt hatte.

Schlagartig verdüsterte sich Guillems Miene. »*Ya veremos*«, meinte er nur. Warten wir es ab. »*De momento no sé nada de nada.*« Derzeit weiß ich rein gar nichts.

»*Y si hablases otra vez con Anna?*« Und wenn du noch einmal mit Anna sprechen würdest?

Guillem hob die Achseln. Die Tante wünschte ihm noch Glück, dann musste sie zurück ins Lokal.

Unsicher schaute Isabella zu Guillem. Es schien naheliegend, dass diese *historia*, von der Guillems Tante gesprochen hatte, eine Frauengeschichte war – aber was für eine? Und wer war Anna? War sie der Grund dafür, dass sich Guillem oft so unvermittelt verschloss und von ihr zurückzog? Und auch jetzt wirkte er sehr angespannt.

In der Hoffnung, ihn so auf andere Gedanken zu bringen, fragte Isabella ihn, ob es ihm etwas ausmachen würde, ihr gleich noch ein wenig den Ort zu zeigen. »Natürlich nur, wenn dir das nicht zu anstrengend ist. Ich kann mir schon denken, dass man mit den Krücken auf dem Pflaster nicht gut laufen kann …«

Guillem warf einen Blick auf seine Armbanduhr und hob die Augenbrauen. »Nun, im Prinzip würden mich die Krücken nicht stören, aber ich … ich sollte tatsächlich besser noch vor siebzehn Uhr in Alcúdia sein, um dort … noch etwas erledigen zu können. Es wäre mir deswegen eigentlich lieb, wenn wir zurückfahren könnten.«

»Oh, natürlich, Entschuldigung, und ich wollte auch nicht …« Isabella setzte sich auf und verstummte und kam sich ob ihrer Bitte auf einmal ziemlich vereinnahmend, ja, beinahe unverschämt vor. Wie hatte sie auch annehmen können, dass er, der hier immerhin lebte und arbeitete, nichts anderes zu tun hatte, als sie rund um die Uhr zu unterhalten – zumal sie doch gerade gehört hatte, dass es da offensichtlich ein »Problem« weiblicher Natur gab. Erst als sie ihn jetzt noch einmal ansah, wurde ihr bewusst, wie sehr ihre Beziehung erneut in sich zusammengebrochen war. Es war nicht nur, dass die leichte, heitere Stimmung zwischen ihnen wie weggefegt war und ebenso die Nähe und Vertrautheit – es war weit schlimmer: Er hatte erneut diese Mauer um sich herum hochgezogen. Was, zum Teufel, verbarg er vor ihr? Wieso nannte seine Tante ihn einen *rompecorazones*? Wer war diese Anna? Wollte er sie jetzt in Alcúdia treffen? War sie vielleicht seine Freundin, und gab es Reibereien zwischen ihnen, und statt sie zu lösen, vertrieb er sich die Zeit mit ihr – und machte ihr überdies Hoffnungen, die sich dann ja wohl nie erfüllen würden? Gehörte dieser Anna das Armband? Und plagte ihn jetzt sein Gewissen, weil sie einen so netten Tag miteinander verbracht hatten …

Was auch immer es war: Die Plötzlichkeit seines Stimmungswandels verletzte Isabella, und das nicht zuletzt, weil es nicht das erste Mal war, dass er sich so unvermittelt von ihr zurückzog und sie nach diesen vielen Stunden, in denen er so warm und geradezu liebevoll mit ihr umgegangen war, nicht mehr damit gerechnet hatte, dass er es wieder tun könnte. Sie kam sich weggeschoben vor, wie ein Kind, das sich ungehörig benommen hatte.

»U-und ich, also ich sollte eigentlich auch besser zurück zum Hotel und mich meinem Sportprogramm widmen, sonst geht mein Urlaub noch vorbei, und ich bin immer noch genauso träge wie zuvor!«, rief sie aus. »Ich hoffe nämlich, dass ich, wenn ich mich hier erst einmal wieder daran gewöhnt habe, Sport zu treiben, auch zu Hause damit weitermache.« Isabella merkte, dass sie zu schnell und vor allem eigentlich nur Blödsinn redete und wie sehr all dies nach dem peinlichen Bemühen klang, ihm zu zeigen, dass sie im Prinzip ja auch selbst keine Zeit hatte und ohnehin nicht auf ihn angewiesen war.

Guillem erwiderte nichts, sondern nickte nur und schien auf einmal noch abwesender zu sein, gerade so, als wäre er mit seinen Gedanken ohnehin schon in Alcúdia. Isabella blickte zu Boden, dann auf dem Platz herum und bemühte sich dabei recht interessiert auszusehen, obwohl sie sich sicher war, dass Guillem sie ohnehin nicht mehr wahrnahm. Von Atemzug zu Atemzug fühlte sie sich unwohler. Endlich brachte der Kellner noch ihre beiden *café solos*, so dass Isabella zumindest mit dem Lob des Espressos noch einmal einen unverfänglichen Satz einwerfen konnte, aber auch hierauf ging Guillem nicht ein. Er stürzte den Kaffee herunter, bedankte sich bei seiner Tante für die Einladung und verabschiedete sich mit einer Umarmung von ihr – und auch der Tante gegenüber kam er Isabella weniger herzlich vor als anfangs, aber sie war sich nicht sicher, ob sie sich das nicht nur einbildete.

Erst als sie im Auto saßen und die ersten Kilometer hinter sich gebracht hatten, entspannte er sich wieder und machte sie im Vorbeifahren noch auf so manch sehenswerten Winkel der Insel aufmerksam.

»Und wenn wir noch einmal nach Valldemossa fahren, müssen wir anschließend unbedingt zum *port*, zum Hafen von Valldemossa«, meinte er. »Der Weg dorthin führt über die steilste und schmalste Straße der ganzen Insel, an den meisten Stellen kommen noch nicht einmal zwei Autos aneinander vorbei. Aber auf der Strecke hat man an vielen Stellen einen absolut spektakulären Blick aufs Meer, so dass sich der Weg allemal lohnt. Sie leiden doch nicht unter Höhenangst, oder?«

Sie?, dachte Isabella, korrigierte Guillem aber nicht, und überhaupt fand sie, dass sich seine Ausführungen weit weniger enthusiastisch als zuvor anhörten und ihnen fast etwas Pflichtschuldiges anhaftete, gerade, als könne er es kaum noch erwarten, sie loszuwerden. Aber auch sie wollte dies hier nun möglichst schnell zu Ende bringen. Sie trat aufs Gas, und trotz des dichten Verkehrs erreichten sie nur eine Stunde später Alcúdia, wo gerade die ersten Geschäfte ihren Nachmittagsbetrieb aufnahmen und der Verkehr schon entsprechend dicht war.

»Am besten lassen Sie mich am alten Stadttor aussteigen und behalten den Wagen erst einmal«, meinte Guillem, als sie den Ortskern erreicht hatten.

Da Guillem sie erneut gesiezt hatte, fiel auch Isabella zurück ins förmliche Sie. »Aber ich … Sie … Also Sie können mir doch nicht einfach so Ihr Auto überlassen«, stotterte sie.

»Da der Wagen keinen eingebauten Bootsantrieb hat und als Gepäck für das Flugzeug ein bisschen groß ist, wüsste ich nicht, wieso ich es Ihnen nicht lassen sollte«, erwiderte Guillem. Isabella ahnte, dass dies witzig gemeint war, konnte aber trotzdem nicht lachen. Sie presste die Lippen zusammen und fragte sich, ob er ihr den Wagen nur aus Bequemlichkeit ließ – oder nicht vielleicht doch auch, weil er sie wiedersehen wollte.

Als Isabella wegen des Verkehrs schon zum zweiten Mal an der gleichen Ampel halten musste, öffnete Guillem die Tür und stieg aus. »Vergessen Sie das Stadttor! Bei dem Stau bin ich mit den Krücken schneller am Ziel«, rief er ihr zu. »Einen schönen Tag noch und *hasta luego*!«

Er winkte ihr zu, schloss die Wagentür – und schwang sich auf seinen Krücken davon.

»Ja, bis dann, und auch Ihnen einen schönen Tag! Und klar, sehr gern können wir uns heute Abend bei einem romantischen Kerzenscheindinner wiedersehen und anschließend eine richtige heiße Nacht miteinander verbringen! Ach, und liebe Grüße an Anna!«, knurrte Isabella ihm lautlos hinterher und sah ihm nach, bis es hinter ihr zu hupen anfing. Erschrocken gab sie so abrupt Gas, dass der Motor abstarb. In ihre Augen traten Tränen, Tränen, die sie so wütend machten, dass sie sich auch auf ihren zweiten Startversuch mit dem Wagen nicht richtig konzentrieren konnte und den Motor gleich noch einmal abwürgte. Erst beim dritten Anlauf brachte sie ihn von der Stelle, und das so schnell, dass sie ihren Vordermann beinahe rammte, denn inzwischen war die Ampel wieder auf Rot umgesprungen.

Eine Viertelstunde später war Isabella zurück im Hotel. Sie lief in ihr Zimmer hoch, zog sich ihre Trainingssachen an und marschierte in den Fitnessraum. Eine volle halbe Stunde lief sie auf dem Band, und obwohl ihr der Schweiß nicht nur am Gesicht, sondern auch am Rücken und der Brust hinunterlief, reichte es ihr noch nicht. Sie ging zu dem Boxsack und knurrte bei jedem neuen Schlag: »*Rompecorazones* … Herzensbrecher … Armbandsammler … Herzensammler … Verdammt, hau endlich ab aus meinem Kopf!«

9. Kapitel

Erst zwei Stunden später beendete Isabella ihr Trainingsprogramm, und sie hatte sich körperlich so ausgelaugt, dass sie aus dem Fitnessraum eher schlich, als dass sie ging, aber sie fühlte sich gut, sehr gut sogar – fix und fertig und erledigt, aber endlich wieder ruhig und mit einem herrlich leeren Kopf. Als sie an der Rezeption um ihren Zimmerschlüssel bat, meinte die junge Frau, von der Isabella inzwischen wusste, dass sie Asunción hieß, dass Guillem Canobas für sie angerufen habe und er sie um einundzwanzig Uhr im alten Kern von Alcúdia am unteren Stadttor erwarte.

Isabella starrte die Frau an und schluckte. Hätte Guillem sie am Nachmittag gefragt, ob sie sich treffen könnten, hätte sie sofort über das ganze Gesicht strahlend zugesagt, aber jetzt … Sie nickte Asunción knapp zu, drückte ihren Schlüssel an sich und machte sich auf den Weg zu ihrem Zimmer. *Señor Rompecorazones* … Als sie ihr Zimmer betrat, warf sie die Tür so hart zu, dass sie regelrecht ins Schloss knallte, und zuckte zusammen. Verdammt, knurrte sie, wofür habe ich mich in dem Fitnessraum eigentlich so abgekämpft, wenn schon allein die Nachricht von Guillems Anruf reicht, um mich gleich wieder durcheinanderzubringen? Sie fragte sich, was sich derjenige, der Männer erfunden hatte, eigentlich dabei gedacht hatte und ob er sich je die Frage gestellt hatte, wofür sie gut sein sollten. In ihrem Leben zumindest war ihnen bisher vor allem eine Rolle zugekommen: ihr das Herz zu brechen!

Grummelnd stieg sie in die Dusche, ließ erst kühles, dann angenehm warmes Wasser über ihr Gesicht, ihre Haare, ihren Körper laufen und wäre am liebsten ewig unter diesem herrlichen Strom stehen geblieben – aber leider wusste sie, dass dies auch keine Lösung war. Keine Entscheidung zu treffen, sagte sie ihren Patienten oft, war schließlich auch eine Entscheidung – und war es nicht besser, man traf sie von vornherein bewusst, wenn man danach ohnehin mit den Folgen leben musste?

Aber auch als sie sich abtrocknete, hatte sie noch keine Ahnung, was sie tun sollte. Sie ließ ihr Handtuch bis zum Kinn sinken, schaute sich über seinen Saum hinweg im Spiegel an und brummte: Wenn ich auch nur einen Funken Verstand habe, lasse ich den Abschied vom Nachmittag den endgültigen sein – aber dann fiel ihr ein, dass sie noch seinen Wagen hatte.

»Verdammt«, stöhnte sie und vergrub ihr Gesicht erneut in ihrem Handtuch.

Eine Stunde später verließ Isabella das Hotel, die offenen Haare noch feucht, die Augen leicht mit Mascara betont, eingehüllt in den Duft von Chanel Fünf – und mit ihren alten Lieblingsshorts und einem simplen, schwarzen Top. Und ebenso wie das Chanel im Widerspruch zu ihren alten Shorts stand, sah es auch in ihr drinnen aus: Ja, natürlich wollte sie Guillem wiedersehen, und nein, auf keinen Fall wollte sie das!

Vor dem Hotel traf sie Eric. Er kam gerade vom Joggen zurück, und Isabella musste zugeben, dass er in seinem schwarzen, armfreien Shirt und den Boxershorts überaus anziehend wirkte. Er war auf eine angenehme Art und Weise durchtrainiert, die Schweißtropfen auf seiner braungebrannten Stirn und sein leicht beschleunigter Atem hatten durchaus etwas Erotisches, zumal er nach Pinien und dem Meer duftete, und natürlich entging ihr auch nicht, dass sich seine Augen in ein einziges Strahlenmeer verwandelten, als er sie bemerkte. »Oh, Darling, endlich ich sehe dich wieder! Ich dachte schon, etwas ist dir passiert!«

»Mir? Aber nein!«, gab Isabella zurück und musste zugeben, dass sie sich aufrichtig freute, ihn wiederzusehen.

»*What have you been doing these days?*«, fragte Eric und wischte sich mit dem Handtuch, das er um den Hals hängen hatte, den Schweiß von der Stirn. »Was hast du gemacht? Und war dir nicht furchtbar, furchtbar langweilig ohne mich?« Eric setzte eine übertrieben mitfühlende Miene auf und tätschelte ihr die Hand.

»Na ja, ich habe es gerade noch überlebt«, gab Isabella grinsend zurück, schaute verstohlen auf ihre Armbanduhr und entzog Eric ihre Hand. Zwar hatte sie sehr wohl vorgehabt, zu dem Treffen mit Guillem mit ein paar Minuten Verspätung zu kommen, aber diese paar Minuten waren eigentlich schon vorbei. Und so gern sie länger mit Eric geplaudert hätte – jetzt war der falsche Moment. Sie hob bedauernd die Schultern. »Es tut mir leid, aber ich … ich muss los.«

»Du gehst – und ohne mich?« Eric setzte ein Kummergesicht auf. »Das ist nicht dein Ernst, Darling, oder? *Where do you go?* Wohin gehst du? Wenn du willst, ich könnte mich schnell duschen und dich begleiten. *It's much nicer to have some company*, mit ein bisschen Gesellschaft ist alles viel schöner!«

»Ja, schon, nur … nun, ich bin verabredet, aber morgen –«

»Verabredet? *O no, don't tell me you have a boyfriend now*! Das kannst du meinem Herz nicht antun! Und du hast mir doch gesagt, du willst keinen Jungenfreund!«

Angesichts seiner drollig-verzweifelten Mimik musste Isabella lachen. »Nein, ich habe keinen *boyfriend*, aber ich … ich habe mir ein Auto geliehen und muss es zurückbringen, und wenn ich jetzt nicht losflitze, komme ich zu spät.«

Eric wischte sich erneut den Schweiß von der Stirn und lächelte sie so ungezwungen, fröhlich und einfach heiter an, dass Isabella von Herzen bedauerte, ihn nicht vor ihrem idiotischen Einzelkampf im Fitnessraum getroffen zu haben. Mit ihm zusammen am Meer entlangzujoggen wäre gewiss amüsanter gewesen als ihr verbissener Spurt auf dem Laufband, und seine witzigen Bemerkungen hätten den Gedanken an dieses vermaledeite Armband und einen gewissen *rompecorazones* sicher schneller und nachhaltiger vertrieben als ihre wütenden Schläge gegen den Boxsack. Und auch jetzt … ja, auch jetzt wäre sie lieber etwas mit Eric essen gegangen als sich mit Guillem zu treffen, zumal ihr klar war, dass Guillem einen neuen Gefühlssturm in ihr auslösen würde. Mit Eric dagegen hätte sie einfach einen netten, wunderbar unkomplizierten Abend verbringen können.

»Wie wäre es, wenn wir morgen zusammen frühstücken?«, fragte sie ihn. »Oder haben Sie vielleicht Lust, morgen vor dem Frühstück mit mir joggen zu gehen?«

»Du, Darling, wir waren schon beim Du!« Er krauste bekümmert die Stirn. »*You have forgotten me completely*, du hast vergessen mich, gib es zu!«

»Aber nein«, beruhigte Isabella ihn lachend. »Also, wie

wäre es mit der morgendlichen Joggingrunde? Um acht in der Hotelhalle?«

»Okay, Darling, um acht. *I'll be waiting for you*! Ich werde warten auf dich! *And behave yourself, don't kiss anybody but me*! Sei brav, und wenn du unbedingt jemanden musst küssen, dann nur mich!« Er zwinkerte ihr zu, damit sie merkte, dass seine letzten Worte als Spaß gemeint waren. Isabella winkte ihm lachend zum Abschied zu.

Die kurze Strecke bis zum Wagen dachte Isabella weiter an Eric, aber kaum fiel ihr Blick beim Einsteigen auf ihre Uhr, flammte in ihrem Kopf wieder das Wort *rompecorazones* auf und damit auch das Armband und Guillem und die Frage, warum er am Nachmittag plötzlich vor fünf Uhr in Alcúdia hatte sein müssen. Fing seine Freundin um fünf Uhr zu arbeiten an, und hatte er sie vorher noch einmal sprechen wollen? Isabella seufzte schwer und musste an ein Buch denken, von dem ihr einmal eine Freundin erzählt hatte. Es hieß »Denken Sie *nicht* an einen blauen Elefanten. Die Macht der Gedanken« und beschrieb unter anderem das Phänomen, dass man sich nur fest vorzunehmen brauchte, auf keinen Fall an etwas Bestimmtes zu denken, um dann garantiert dauernd daran denken zu müssen. Dieses Wissen war für sie im Prinzip zwar nichts Neues, aber es zeigte ihr wieder einmal, wie herzlich wenig ihr ihre eigene Ausbildung als Psychologin und Paartherapeutin bei der Bewältigung ihres eigenen Lebens von Nutzen war.

Bis Isabella die Altstadt erreicht und einen Parkplatz gefunden hatte, war sie mehr als eine halbe Stunde über der Zeit. Im ersten Moment empfand sie beinahe Schadenfreude darüber, aber als sie zum Stadttor kam, Guillem nirgends sehen konnte und befürchten musste, dass er schon gegangen war, folgte nach einem gehörigen Schreck tiefes Bedauern. Dann aber entdeckte sie ihn doch noch. Er hatte sich auf eine Bank gesetzt und winkte ihr von dort aus zu. Während Isabella auf ihn zueilte, registrierte sie, dass Guillem sich umgezogen hatte. Statt der jeansblauen Shorts und dem braunen T-Shirt vom Nachmittag trug er sandfarbene Shorts und ein weißes Hemd. Isabella fragte sich, ob ihn jemand nach Hause und wieder hergefahren hatte oder ob er hier im Ort einen zweiten Wohnsitz bei »jemandem« hatte, einem »Jemand« wie der Eigentümerin des Armba… O nein, dachte sie, ich will dieses Wort nicht mehr denken, und selbst wenn es diese Frau gibt und er hundert Mal etwas mit ihr hat – das geht mich nichts an! Ich gebe ihm jetzt seinen verdammten Wagen zurück, und dann ist das Kapitel für mich abgeschlossen!

Sie krallte ihre Hand um ihre Handtasche und schritt weiter auf ihn zu. Guillem erhob sich und begrüßte sie mit einem herzlichen Lächeln. »Wie schön, dass du kommen konntest; ich freue mich wirklich sehr!«

Als Isabella hörte, dass er sie wieder duzte, und sah, dass die Mauer in seinen Augen verschwunden war und er sie wieder so warm und freundlich, ja, fast liebevoll ansah, sank ihr Herz noch ein Stück tiefer. Warum hatte er nicht einfach weiter so kühl und abweisend wie bei der Rückfahrt sein können? Nervös knetete sie die Schlüssel in ihrer Hand und entschuldigte sich für ihr Zuspätkommen. »Ich, also, irgendwie ha-habe ich mich verfahren.«

»Kein Problem, wir kommen ja trotzdem noch rechtzeitig zu der Veranstaltung, allerdings reicht die Zeit jetzt nicht mehr, um vorher noch etwas zu essen. Vielleicht sollten wir also lieber anschließend in ein Restaurant gehen.«

»Veranstaltung – Restaurant?«, stotterte Isabella.

»Hat Asunción dir denn nichts gesagt?«

»Nein, was denn?«

»Na, ich hatte sie gebeten, dir auch auszurichten, dass ich dich zu einem Gitarrenkonzert mit Paco de Lucia einladen wollte, für das ich nun doch noch Karten bekommen konnte. Lucia spielt hier heute das *Concierto de Aranjuez.*«

»Ko-konzert …« Isabella sah an sich herunter und ließ ein bedauerndes »Oh« ertönen. Guillem folgte ihrem Blick. »Ach, um die Kleider brauchst du dir keine Gedanken zu machen, es ist ein Freiluftkonzert, und so formell wie in Deutschland geht es auf unserer Insel nicht zu. Außerdem sind sicher noch mehr Touristen da, die nicht die passende Kleidung im Koffer haben – oder wegen eines Gipsbeins nicht in lange Hosen reinkommen«, fügte er mit einem Zwinkern hinzu. »Kennst du Paco de Lucia? Er ist ein absolut begnadeter Gitarrist! Er wird heute von einem Freund von mir auf dem Klavier begleitet; daher konnte ich auch noch Karten bekommen, obwohl das Konzert eigentlich schon lange ausverkauft ist. Es wird dir sicher gefallen!«

Ehe Isabella noch irgendetwas sagen oder denken konnte, drückte Guillem ihr mit einem fröhlichen »Die bewahrst besser du auf« die Eintrittskarten in die Hand und schwang sich auf seinen Krücken vorneweg.

Zwar folgte Isabella Guillem, aber zugleich sagte sie sich pausenlos, dass es besser für sie wäre, auf dem Absatz kehrtzumachen, als ihr Herz erneut auf eine Achterbahnfahrt zu schicken. Sie verstand Guillem nicht. Warum war er jetzt wieder so herzlich und verbindlich zu ihr? Was hatte bewirkt, dass er auf einmal wieder so guter Laune war? Gab es diese

Freundin, vor der sie sich langsam zu fürchten begann, vielleicht doch nicht? Jedenfalls war von seiner Verstimmung am Nachmittag rein gar nichts mehr zu spüren. Natürlich könnte es auch die Vorfreude auf das Konzert sein, die seine Stimmung so aufgehellt hatte … Aber was hatte es dann mit der Jacke und dem Armband in seiner Wohnung auf sich? Und wenn er diesen Gitarristen und dieses Konzert so sehr mochte – wieso nahm er dann nicht seine Vielleicht-existierte-sie-ja-doch-Freundin dazu mit? Oder musste sie arbeiten … ab siebzehn Uhr? Und bedeutete dies, dass sie nur eine Lückenbüßerin war, frei nach dem Motto »Besser die als keine Begleitung«? Oder hatte er sich nun endgültig von ihr getrennt? Und was mochte bei ihm wohl »endgültig« heißen? Aus ihrer Praxis wusste sie, dass auch vermeintlich »endgültige« Trennungen häufig alles andere als das tatsächliche Ende der Beziehung bedeuteten. Oder war diese Einladung immer noch Teil seines Dankes dafür, dass sie ihm den Berg hinuntergeholfen hatte? Wie sie es auch drehte und wendete: So oder so waren all dies für sie eher Gründe, den Abend *nicht* mit ihm zu verbringen. Trotzdem schaffte sie es nicht, sich davonzumachen …

Auf dem Gelände der Freiluftbühne ließ sich Guillem die Tickets von ihr wiedergeben, reichte sie dem Kartenabreißer und führte sie anschließend hinter die Sichtschutz-Absperrung, die um die Bühne und den Zuschauerraum herum errichtet worden war. Dort waren Sitzreihen für mehr als dreihundert Zuschauer aufgestellt und viele der Plätze schon belegt. Trotzdem steuerte Guillem ganz zielstrebig die erste Reihe an, nahm dort von zwei Stühlen das »Reserviert«-Schild herunter und machte zu Isabella hin eine einladende Geste. Isabella staunte: »Wir sitzen sogar ganz vorn?«

»Dafür sind Freunde doch da!« Er lächelte.

Isabella setzte sich neben ihn, und angesichts der unbändigen Vorfreude, mit der Guillem zur Bühne blickte und nun anfing, sie mit großen Gesten und begeisterten Worten über die Geschichte dieses Konzertes von Joaquín Rodrigo aufzuklären, fiel es ihr immer schwerer, die Reserviertheit ihm gegenüber aufrechtzuerhalten. Dieses selige Leuchten in seinen bernsteinfarbenen Augen wirkte einfach ansteckend und entfachte in ihr nicht nur ebenfalls eine kribbelige Vorfreude auf das Konzert, sondern zog sie auch zu ihm hin. Und es waren ja nicht nur seine Augen, ihr schillerndes Leuchten und die Art, wie er sie ansah, es waren auch seine Gesten, die fast platzten vor Lebendigkeit, das herrlich dunkle, volle Timbre seiner Stimme und … ach ja, es war irgendwie alles an ihm! Je länger sie seinen Duft einatmete, diese Mischung aus Meer, Ebenholz und *vetiver*, desto intensiver empfand sie seine Anziehung und sehnte sich so sehr danach, ihn zu berühren und von ihm berührt zu werden, dass es fast wehtat.

Schließlich wurden die Lichter gedämpft, und um sie herum verstummten die Stimmen. Ein paar nervöse Huster waren noch zu hören, dann war alles still – und die beiden Musiker betraten die Bühne. Nach einer kurzen Begrüßung schlug Paco de Lucia die ersten Akkorde auf seiner Gitarre an, und Isabella begann Guillem zu verstehen: Ja, de Lucia war ein begnadeter Gitarrist! Auch sie verlor sich augenblicklich in die sanft lockende, heitere Melodie und hatte das Gefühl, dass sie eine unbestimmte Last von ihr nahm und sie wie auf weiten Flügeln in eine wunderschöne Traumwelt davontrug.

Im zweiten Satz, dem Adagio, erklangen andere, eindringlichere, bisweilen fast klagende Töne, die Isabella in ihrer gelösten Stimmung seltsam weich und wehrlos machten. Unwillkürlich sah sie zu Guillem. Ganz in die Musik versunken, schaute er zur Bühne, in seinen Augen spiegelten sich völlige Freude und seliger Genuss, und Isabella bemerkte, wie seine Finger zuckten, wenn die Einsätze des Pianisten kamen und sie die ersten Töne jeweils mitspielten.

Mit einem Mal wandte sich Guillem ihr zu. Erschrocken wollte Isabella zurück zur Bühne oder wenigstens zur Seite sehen, aber etwas in Guillems Miene hielt sie fest. Ihre Blicke schienen sich wie Magnete anzuziehen und versanken immer mehr ineinander. Freude, Angst und Erregung schossen in Isabella hoch, Unsicherheit und wehe Sehnsucht. Auf einmal spürte sie Guillems Hand auf der ihren. Zuerst hielt sie es für einen Zufall und erwartete, dass er die Hand gleich wieder wegnehmen würde, aber er ließ sie dort und sah sie weiter an. Sein Blick brachte Isabella geradezu zum Glühen. Auch sie drängte es nun danach, ihn zu berühren. Sie wollte ihm zärtlich den Arm hinauffahren bis hoch zu seinen Schultern und weiter, und diese vorwitzige Locke aus seiner Stirn streichen.

Aber du weißt doch gar nicht, ob er jetzt wirklich frei ist, pochte es warnend in ihrem Kopf. Gar nichts weißt du von ihm, außer dass sogar seine Tante ihn einen *rompecorazones* nennt. Du wirst dir die Finger verbrennen, und noch weit mehr als nur das! – Und dennoch kribbelte es immer stärker in ihr, und schließlich neigte sie sich tatsächlich ein Stück vor, hob ihre freie Hand und wollte sie eben auf seinen Arm legen und ihr Gesicht dem seinen nähern, als Guillem ihr auf einmal zunickte. Er tat es auf eine Art, die sie nicht zu deuten vermochte, aber die zweifellos etwas Wehes und Schmerzhaftes barg. Und dann wandte er sich wieder der Bühne zu und entzog ihr zugleich seine Hand. Mit brennenden Augen sah Isabella ihn weiter an, wartete darauf, dass er wieder zu ihr schauen, seine Hand zurück auf die ihre legen würde – aber er tat es nicht. Ein Frösteln durchlief sie; zuerst fühlte sie es nur auf ihrem Rücken, doch dann kroch es ihr auch in die Glieder. Sie ließ sich gegen die Stuhllehne zurücksinken, wartete aber noch immer, obwohl ihr inzwischen sehr wohl klar war, dass er sich nicht wieder zu ihr umdrehen würde. Sie konnte aber trotzdem nicht anders, als ihn weiter anzusehen – und musste sich schließlich auf die Lippen beißen, um nicht loszuweinen. Und all das geschah, obwohl sie irgendwo tief in sich drinnen genau wusste, dass es gut war, dass er weggesehen und seine Hand von ihr genommen hatte. Ja, es war gut und vernünftig und nötig … und trotzdem tat es verdammt weh.

Es dauerte eine gute Weile, bis es Isabella gelang, die Tränen zurückzudrängen. Wie um sich zur Ordnung zu rufen, zwang sie ihren Blick zurück zu den Musikern und schaute während des ganzen übrigen Konzerts starr weiter auf die Bühne, hörte allerdings keinen einzigen Ton mehr, der von dort kam. Guillem … Das war alles, was es in ihrem Kopf noch gab, und daran änderte sich auch nichts, dass sie sich selbst deswegen lautlos als unbelehrbar und schließlich voller Wut sogar als untherapierbar und beratungsresistent beschimpfte. Erst als ihr Stuhlnachbar zur Linken sie beim Applaudieren versehentlich mit dem Ellenbogen anstieß, merkte sie, dass rings um sie herum begeisterter Beifall ausgebrochen war. Mechanisch hob auch sie die Hände und klatschte mit, aber beschäftigen tat sie etwas ganz anderes: Was, um alles in der Welt, würde sie erwarten, wenn sie gleich Guillems Blicken begegnete? – Plötzlich hatte sie Angst. Und von Sekunde zu Sekunde wurde sie größer.

Nachdem der letzte Applaus verklungen war, blieb Isabella trotzdem nichts anderes übrig, als sich Guillem zuzuwenden. Sie sah ihn nur kurz an und hatte den Eindruck, dass auch er ihren Blick jetzt mied – zumindest beschäftigte er sich ausgiebig mit seinen Krücken, stand dann endlich auf seinen Füßen und brummte gegen den Boden. »Wenn, also, wenn du jetzt noch essen gehen …«

»Nein, nein danke«, unterbrach Isabella ihn hastig. »Ich … will morgen früh aufstehen, weil ich vor … vor dem Frühstück zum Joggen verabredet bin und … und danke auch für diesen schönen Abend. Es war in der Tat ein ganz besonderes Erlebnis, und die Musik, also, sie war wirklich wu-wundervoll!«

Guillem sah sie kurz an, nickte und unternahm keinen Versuch, sie umzustimmen. Ein Paar, das etwa in Isabellas Alter sein musste, kam auf sie zu und begrüßte ihn mit einer herzlichen Umarmung und Wangenküssen. Die drei sprachen miteinander, und obwohl vor allem die Frau immer wieder zu Isabella schaute und ihr überaus neugierige Blicke zuwarf, stellte Guillem sie einander nicht vor. Je länger Isabella den Blicken dieser Frau ausgesetzt war, desto unwohler fühlte sie sich. Schließlich drehte sie sich zur Seite und schaute scheinbar interessiert in eine andere Richtung, bis das Paar sich verabschiedete. Erst als die beiden weg waren, schien Guillem aufzufallen, wie unhöflich sein Verhalten gewesen war.

»Das … also, das war«, presste er hervor, doch Isabella fiel ihm kühl ins Wort: »Danke, aber das hat sich jetzt wohl erledigt.« Erhobenen Kopfes wandte sie sich dem Ausgang zu.

Am liebsten wäre Isabella sofort zum nächsten Taxistand gegangen, um sich ins Hotel fahren zu lassen, aber als sie den Ausgang hinter sich gelassen hatten, fiel ihr ein, dass sie noch immer die Schlüssel von Guillems Wagen bei sich trug. Unsicher blieb sie stehen. Garantiert wollte Guillem den Wagen nicht im Parkhaus lassen. Außerdem konnte er mit den Krücken kaum bis zu sich nach Hause laufen. Verdammt, auch das noch, murmelte Isabella genervt in sich hinein. Jetzt muss ich ihn auch noch heimfahren!

»Den Wagen«, hörte sie nun Guillem sagen, der plötzlich neben ihr stand, »den … kannst du gern noch behalten. Und nach Hause fahren brauchst du mich auch nicht; ich übernachte im Ort.«

Statt erleichtert zu sein, verletzten seine Worte Isabella, als hätte er sie geohrfeigt, denn ihr war klar, dass er garantiert nicht in einem Hotel übernachten würde. Nur unter Aufbietung ihrer gesamten Selbstbeherrschung gelang es ihr, scheinbar gleichmütig zu nicken. Dann öffnete sie ihre Handtasche und fing an, etwas darin zu suchen. In Wahrheit ging es ihr allerdings nur darum, Zeit zu schinden – Zeit, um sich zu fangen.

»Ich übernachte im Ort«, hallte es in ihr wieder. – Und ohne dass sie es wollte, erschienen dabei in ihrem Kopf Bilder, wie er ihr Haus betrat und sie ihn mit einem langen Kuss und einem hungrigen Körper empfing …

Sie fragte sich, was wohl alles von ihm bei dieser Frau war. Hatte er nur ein paar Kleider deponiert, oder besaß er bei ihr sogar einen eigenen Kleiderschrank? Sicher stand seine Zahnbürste in trauter Zweisamkeit bei ihrer im Zahnputzglas, neben ihrem Parfüm und Make-up befand sich sein Rasierzeug, und im Schlafzimmer erwartete ihn sein Schlafanzug – sofern er dergleichen überhaupt anzog – und was noch? Und wie viel mehr Gegenstände als dieses Armband und die Jacke waren von ihr noch in seinem Haus zu finden? Isabella verbot es sich weiterzudenken.

»Bis … bis dann also«, presste sie hervor, zog endlich ihre Hand aus der Tasche, verschloss sie fahrig und eilte davon.

Als Isabella in Guillems Wagen einstieg, fiel ihr auf, dass er noch nach dem gleichen Rasierwasser duftete, das Guillem an diesem Morgen angehaftet hatte, und dass dieser Duft eindeutig nicht der von *vetiver* war, den Guillem an diesem Abend verströmt hatte – was für sie zugleich ein neuer, stichhaltiger Beweis dafür war, dass Guillem den Nachmittag im Haus seiner Freundin verbracht haben musste. Ja, mein Gott, stöhnte sie, er hat eine Freundin, natürlich hat er eine Freundin! Wieso auch nicht? Er ist schließlich ein überaus sympathischer, gutaussehender Mann. Hör also endlich auf, dir etwas anderes einreden zu wollen!

Erneut hielt sie sich vor, dass es sie nichts, aber auch wirklich rein gar nichts anging, ob er nun eine Freundin hatte oder nicht und wie sie ihr Zusammenleben organisierten – aber statt weniger tat es ihr nur noch mehr weh.

Isabella war auch klar, warum ihr das so weh tat. Es ging nicht nur darum, dass sie viel stärkere Gefühle für Guillem hatte, als sie haben sollte, nein, zum ersten Mal in ihrem Leben fühlte sie sich in der gleichen Position wie die Frauen, mit denen Axel sie betrogen hatte, und jetzt war plötzlich sie diejenige, die sich – wenn ihre Vermutungen stimmten – in eine Beziehung drängte. Denn wenn Guillem sie vorhin geküsst hätte, hätte sie seinen Kuss mit ganzem Herzen erwidert – und das, obwohl sie davon ausging, dass es schon eine

Frau in seinem Leben gab, und aus eigener, leidvoller Erfahrung wusste, was sie dieser Frau damit antat. Und wenn sich mehr zwischen ihnen ergeben hätte, hätte sie sich auch darauf eingelassen …

Ja, und genau das war in diesem Moment das Schrecklichste für sie: Nicht nur, dass sie Guillem begehrte, sie wollte ihn sogar so sehr, dass ihr alles andere egal zu werden begann. Mein Gott, stöhnte sie, hatten sich so die Frauen gefühlt, mit denen Axel sie betrogen hatte? Sie grub die Hände in ihr Haar. Was tat sie hier? Was tat sie sich an? Abstand wollte sie hier gewinnen, Abstand! Und was tat sie stattdessen?

Sie ließ ihren Kopf auf das Lenkrad sinken, empfand an dieser Stelle den Geruch von Guillems Rasierwasser als noch intensiver, schlug mit einem plötzlich Anfall von verzweifelter Wut auf das Armaturenbrett ein und begann zu weinen.

Auch später in ihrem Zimmer rumorte es weiter in Isabella. Sie ließ sich auf ihr Bett fallen und starrte die Zimmerdecke an, aber die Stille und das Liegen rieben wie Schleifpapier an ihren Nerven. Von Unruhe getrieben sprang sie wieder auf, lief im Zimmer umher und hatte auf einmal das Gefühl, nicht genug Luft zu bekommen. Sie eilte zum Balkon, riss die Tür auf und sog die milde Abendluft mit der Gier einer Erstickenden ein. Nach ein paar tiefen Atemzügen beruhigte sie sich, sank auf einen der Stühle und schaute hinaus aufs Meer und seine nächtlichen Lichter. Sie musste an Axel denken und wie glücklich sie anfangs gewesen waren – und wusste im gleichen Moment, dass dies so gar nicht stimmte. Irgendwie hatte sie von Anfang an Angst gehabt, ihn zu verlieren, gerade, als hätte sie bereits vom ersten Moment an geahnt, was ihr bevorstand. In ihren Knochen hatte es gesteckt, in ihrem Herzen, in ihren Gedanken, ganz besessen war sie von dieser Vorstellung gewesen, dass Axel sie wegen einer anderen verlassen könnte – und so war es dann ja auch gekommen. Ja, sie hatte vom ersten Tag an gewusst, dass es mit ihnen nicht gutgehen konnte, aber sie hatte sich eben trotzdem in ihn verliebt, und je öfter er ihr mit seinen Frauengeschichten wehgetan hatte, desto stärker waren ihre Gefühle für ihn geworden und damit auch ihre Angst, ihn zu verlieren.

Erst als eine ihrer Tränen über ihre Lippen rann, wurde ihr bewusst, dass sie weinte. Sie leckte sie weg, schmeckte das Salz und biss sich auf die Lippen, aber auch das half ihr nicht, den Tränenstrom aufzuhalten. Wütend wischte sie sich mit dem Handrücken über die Wangen und überlegte, was sie in dieser Situation zu ihren Patienten sagen würde. Wahrscheinlich etwas wie, dass auch zum Wehtun zwei gehörten: Einer, der wehtat, und einer, der sich wehtun ließ. Und natürlich hatte sie es mit sich machen lassen, statt Axel etwas entgegenzusetzen. Sogar zum Schlussmachen hatte ihr die Kraft gefehlt.

»In jeder Krise liegt die Chance einer Veränderung. Man muss sie nur be- und ergreifen.« – Auch diesen Sachverhalt erklärte sie ihren Patienten gern, nicht zuletzt, um sie zu trösten und ihnen zu zeigen, dass die derzeitige Situation nicht die endgültige war, sondern sie diese zum Neuanfang nutzen sollten.

Ja, und jetzt war es an ihr, etwas zu begreifen. Jetzt endlich musste sie diese Lektion lernen, damit ihr Leben nicht gleich in die nächste Katastrophe steuerte. Denn mit »Chance ergreifen« war schließlich keinesfalls gemeint, sich gleich in den Nächstbesten zu verlieben. Auch ihren Patienten riet sie stets, sich nicht umgehend in die nächste Beziehung zu stürzen. Im Gegenteil! Jede Trennung braucht ihre Zeit und muss verarbeitet werden!, betete sie sich auf ihrem Hotelbalkon vor. Selbst wenn sich herausstellen sollte, dass Guillem doch ungebunden wäre, sollte sie keinen Gedanken mehr an ihn verschwenden. Aber sie wusste es besser: Natürlich war er in festen Händen, und sie hatte von Anfang an alles, alles falsch verstanden. Seine Blicke, seine Freundlichkeit, seine Herzlichkeit, seine Einladungen, seinen Vergleich mit George Sand. Alles!

Der ganze Kummer der letzten Monate kam auf einmal in ihr hoch und vermischte sich mit der Enttäuschung, dass sie sich offensichtlich schon wieder in den falschen Mann verliebt hatte. Sie würde es nie lernen!

Als ihre Tränen endlich versiegten, fühlte sich Isabella zwar müde, erschöpft und ausgelaugt, aber trotzdem besser. Sie war sich plötzlich sicher, dass sich die Wunden in ihr mit der Zeit schon schließen würden, und sie ahnte jetzt auch, was der erste Schritt dazu sein musste: Sie durfte Guillem nicht wiedersehen. Und deswegen würde sie seinen Wagen morgen von einem Hotelangestellten oder Taxifahrer zu ihm bringen lassen und sich auf keinen Fall mehr bei ihm melden.

10. Kapitel

Nach der morgendlichen Joggingrunde mit Eric traf sich Isabella auch zum Frühstück mit ihm, ganz wie sie es am Vorabend vereinbart hatten. Seine verlässlich gute Laune und seine Gradlinigkeit und Unkompliziertheit waren genau das, was sie nach einem Tag wie dem gestrigen brauchte. Auch sie bemühte sich nach Kräften, gute Laune zu verbreiten. Bewusst herzhaft und genussfreudig biss sie in ihr Schokoladencroissant und strahlte Eric an. Eric erwiderte ihr Lächeln, aber in seinen Augen spiegelte sich auch Besorgnis. Isabella ahnte den Grund: Sicher war ihm die leichte Schwellung und Rötung ihrer Augen nicht entgangen, und empfindsam, wie er offensichtlich auch sein konnte, spürte er wohl, welch immenser Druck hinter ihrer »guten Laune« verborgen lag. Isabella war ihm dankbar, dass er sie trotzdem nicht auf ihre Probleme ansprach, sondern sie weiter so tun ließ, als wäre alles in schönster Ordnung.

»Und jetzt, Darling?«, meinte er, nachdem er den dritten Teller *ham and eggs* geleert hatte. »Was wollen wir unternehmen jetzt nach dem Frühstück? *I know lots of nice places in the area!* Wohin soll ich dich entführen?«

Isabella blickte zu ihm auf, und als sie das Mitgefühl in seinen Augen sah, wusste sie, dass sie sich beiden keinen Gefallen tat, wenn sie sein Angebot annahm. Sie schüttelte den Kopf und zog die Schultern hoch. »Ein anderes Mal sehr gern, aber ich glaube, den Tag heute sollte ich zur Abwechslung einfach einmal ganz ruhig angehen …«

»*You might be right.*« Eric zwinkerte ihr verständnisvoll zu. »Aber lass uns wenigstens zusammen abendessen. Weißt du noch, dass du mir versprochen hast ein gemeinsames Dinner?«

Isabella nickte. »Ja, natürlich weiß ich das noch, und sehr gern können wir das heute Abend nachholen! Passt es dir um acht Uhr?«

Eric nickte, nahm ihre Hand, drückte sie kurz, aber nachdrücklich und erhob sich. »Okay, *see you tonight, sweetheart, and try not to think too much*; manchmal ist tun viel besser als denken! Und wenn du jemanden zum Reden brauchst – ich bin immer für dich da!«

Isabella sah ihm noch einen Moment nach, erstaunt über ihn, weil er ihr bei ihren ersten Begegnungen wie ein ungehobelter Klotz vorgekommen war, dann erhob auch sie sich und ging zur Rezeption, um das zu erledigen, was ihr schon seit der Nacht so schwer im Magen lag.

Statt Asunción war heute ein junger Mann an der Rezeption. Isabella fragte ihn, ob er veranlassen könne, dass »ihr« Wagen zu Herrn Guillem Canobas gebracht wurde. Der junge Mann sah sie verwundert an.

»Guillem Canobas? Meinen Sie unseren Guillem?«

»Ihren Guillem?« Nun war die Verwunderung auf Isabellas Seite.

»Na ja, den Pianisten, der ab und an bei uns Konzerte gibt und auch eine Musikschule im Ort hat …«

»Ja, genau diesen Guillem«, erwiderte Isabella stotternd und fühlte, wie sie rot anlief.

»Natürlich, Madame, ich werde mich persönlich darum kümmern.« Er lächelte sie formvollendet an.

Ehe sie ihre Meinung noch einmal ändern konnte, wollte Isabella ihm die Adresse aufschreiben, aber der junge Mann meinte, dass dies nicht nötig sei. »Ich war schon oft bei Guillem, also bei Herrn Canobas …«

Isabella hob die rechte Augenbraue, nickte fahrig und drückte dem jungen Mann ohne ein weiteres Wort den Wagenschlüssel in die Hand. Bevor dieser noch etwas erwidern konnte, drehte sie sich auf dem Absatz um und ging in ihr Zimmer. Sie setzte sich auf ihr Bett, schob die Hände von außen unter die Oberschenkel und wartete, dass sich Erleichterung bei ihr einstellte, doch stattdessen war sie einfach nur traurig.

Um sich auf andere Gedanken zu bringen, ging Isabella an den Strand und las, schwamm und aalte sich bis in die Nachmittagsstunden in der Sonne. Danach streifte sie ein wenig durch die Geschäfte und erstand ein schwarzes, nicht nur im Rücken äußerst tief dekolletiertes Kleid, von dem sie annahm, dass sie es genau aus diesem Grund niemals anziehen würde, aber irgendwie musste sie einfach etwas »Gewagtes« tun – um kein anderes Wagnis einzugehen, das weit schwerwiegendere Folgen haben würde. In ihrem Hotelzimmer zog sie sich das Kleid noch einmal an. Hier, vor ihrem eigenen Spiegel, fand sie es sogar noch tiefer dekolletiert, aber es war so sündhaft teuer gewesen, dass sie es wenigstens ein Mal tragen wollte. Isabella beschloss, dass dieses eine Mal hier und heute sein sollte, denn ihr war klar, wenn sie sich jetzt nicht traute, würde sie sich nie mehr trauen! Außerdem war ihr so, als habe sie heute ohnehin nichts mehr zu verlieren. Sie duschte sich noch rasch, und dann war es auch schon

Zeit, um zu ihrem Treffen mit Eric in die Hotelhalle hinunterzugehen.

Als Isabella die weitgeschwungene Freitreppe im Hotelfoyer hinabschritt, war Eric nicht der einzige Mann, der zu ihr aufsah und den Blick auch nicht wieder von ihr nahm. Eric ging auf sie zu, nahm ihre Hand und drehte Isabella mit anerkennend erhobenen Augenbrauen im Kreis. »*My god, you are a really, really beautiful woman!*«

Sein Kompliment tat Isabella gut. Sie hängte sich bei ihm ein, fröhlich und aufgekratzt, ein bisschen zu fröhlich und zu aufgekratzt, wie ihr sehr wohl bewusst war, aber, so sagte sie sich, jeder hatte nun einmal seine eigene Art, mit Kummer fertig zu werden. Als Eric anfing, leise »You are so beautiful …« zu singen, hielt sie ihm lachend den Mund zu, einen Moment verwirrt darüber, dass sie so wenig Probleme hatte, ihm körperlich so nah zu kommen. Aber Eric war eben Eric und in jeder Hinsicht um Längen unkomplizierter als Guillem, auch wenn ihr das erst auf den dritten Blick deutlich geworden war.

Nach dem Abendessen entführte Eric sie auf die Hotelterrasse. Bisher waren nur wenige Plätze belegt, aber er wählte trotzdem einen aus, der besonders abgelegen war und wo sie zumindest im Moment noch ganz unter sich waren.

»*I'll be back in a second*«, bedeutete er Isabella. »Ich bestelle uns nur etwas zu trinken.«

»Für mich bitte einen Saft!«, rief Isabella ihm hinterher und lehnte sich in den weich gepolsterten Rattansessel zurück. Es war wohltuend ruhig auf der Terrasse, die Gespräche der wenigen anderen Gästen drangen kaum bis zu ihr durch, die leise Musik, die aus nicht sichtbaren Lautsprechern zu ihr hinüber klang, empfand sie als angenehm. Isabella schloss die Augen und sog genüsslich den sinnlichen Duft des neben ihr an der Hotelfassade hochrankenden Jasmins ein. Hinter sich hörte sie das vergnügt anmutende Plätschern eines Springbrunnens. Es war ein sommerwarmer, ein heiterer Abend, ein Abend wie aus dem Bilderbuch, und sie merkte, wie alles Angespannte und Gekünstelte dieses Tages von ihr abfiel, sie einfach tief und ruhig durchatmen konnte und sie sich auf einmal ganz frei fühlte und sehr offen für Neues. Ja, seufzte sie, ja, es war gut, dass ich Guillem das Auto habe bringen lassen und es so vermieden habe, ihn noch einmal zu sehen – und sie ignorierte wohlweislich das Sehnen, die Trauer und den deutlichen Stich, die sich bei dem Gedanken an ihn in ihrem Herzen bemerkbar machten. Nach ein paar weiteren tiefen Atemzügen öffnete sie die Augen, versank noch tiefer in ihrem Sessel und blickte hinauf in den nächtlichen Sternenhimmel. Eine Sternschnuppe, schoss es ihr durch den Kopf, wie schön es wäre, wenn jetzt eine Sternschnuppe herunterfiele … Aber sie sah keine, und letztlich war das wahrscheinlich auch ganz gut so. Sie hätte ohnehin nicht gewusst, was sie sich hätte wünschen sollen – oder hätte wünschen dürfen.

Eric kehrte zurück. Er setzte sich ihr gegenüber in den Sessel und sah sie sichtlich verzaubert an. »*You are such a fascinating woman*«, seufzte er, »eine so faszinierende Frau!«

»Ach woher«, erwiderte Isabella verlegen und setzte sich wieder aufrechter hin. »Das … das macht nur der Abend. Mehr ist es nicht!«

Der Kellner brachte ihre Getränke. Isabella hob das Glas an, um einen Schluck zu trinken, hielt aber kurz zuvor inne, schnupperte und sah Eric fragend an. »Saft ist das aber keiner!«

»*But it's a lot of juice in it*«, erwiderte Eric lachend. »Aber es enthält viel Saft. Ich schwöre, Darling, es ist nur ganz, ganz wenig Alkohol dabei, und der Drink ist köstlich. Versuch ihn, *you'll love it*!«

Isabella kostete und musste ihm recht geben. Es schmeckte in der Tat ausgezeichnet und hinterließ in ihrem Inneren eine angenehme Wärme, die ihr kurz darauf als herrliche Leichtigkeit in den Kopf stieg. Wenig Alkohol, dachte Isabella, wer's glaubt, wird selig … Aber diese Schwerelosigkeit tat ihr so gut, dass sie sich wenig später noch einen »Happy-Wonder-Drink« bringen ließ, wie sie ihn für sich taufte.

»Und jetzt erzähl mir mehr von dir«, meinte Eric. »Immer bin ich es, der redet, aber heute ich möchte auch einmal etwas über dich erfahren!«

»Ach, über mich gibt es nicht viel zu erzählen«, wehrte Isabella ab. »Ich sitze in Frankfurt in einer wunderschönen Altbaupraxis und rate Menschen zu Dingen, die ich selbst nicht auf die Reihe bringe.«

»Oh no«, machte Eric. »Sag nicht, du bist ein *psychologist*, ein Psychologe?!«

»Doch, genau das, und es kommt sogar noch schlimmer: Ich bin überdies auch noch ausgerechnet eine Paartherapeutin!«, erwiderte Isabella und musste auf einmal dermaßen loslachen, dass sie sich an ihrem Getränk verschluckte und einen Schluckauf bekam, was sie erneut zum Lachen brachte. »Das Getränk hier«, gluckste sie, »hat es aber ganz schön in sich. Was ist denn da drin, um Himmels willen? Morgen wird mir der Kopf brummen, als sei eine Horde Ameisen darin!«

Sie prustete erneut los. »Eine Horde Ameisen, o mein Gott, ein Schwarm Bienen!«

»Ich weiß nicht, was drin ist«, erwiderte Eric, »ich weiß nur, dass ich es auch schon einmal getrunken habe, und ich war *just in the same mood like you today*, eine ganz fürchterliche Stimmung. Aber der Drink hat geholfen, mir zu vergessen meinen Kummer. Okay, *only for a few hours*, nur für ein paar Stunden, aber *better than nothing*, no? Sie hieß Sharon und war so süß, ach, so-so süß!« Seine Hand glitt mit einer wehmütigen Geste durch die Luft.

»Sharon ...« Isabella sank wieder zurück in ihren Sessel. »Ein schöner Name!«

»Und auch sie war schön, und *the most beautiful*, das Schönste an ihr war ihr Lächeln!«

»Und woran ist es gescheitert?«

Eric hob die Achseln. »Sie wollte plötzlich ihre Freiheit. *Liberty*, you know? Zeit für sich. Sich ausprobieren ... Vor unserem Urlaub alles war *perfect*, aber kaum wir waren hier angekommen ...« Er schnipste und zuckte mit den Achseln. »*So I went back*, ich bin zurückgefahren, allein, vor dem Ende des Urlaubs, und sie ist hier geblieben. Drei Monate später the *season*, die Saison war zu Ende, sie hatte keine Arbeit mehr und kehrte zurück nach *good old England.*«

»Zurück zu dir?«

Er schüttelte den Kopf. »*No no*. Das hätte auch nicht gemacht Sinn. *No confidence, you know?* Ich hatte kein Vertrauen mehr zu ihr. *Don't worry*, heute ich bin wieder gut, ich denke an *future*, an die Zukunft. Es ist vorbei.«

»Vertrauen ...« Isabella hob vielsagend die Augenbrauen und stieß einen Schwall Luft aus.

Eric sah sie abwartend an. Zuerst blickte Isabella nur einfach in die Ferne, schloss sogar für einen Moment die Augen, aber dann fing sie auf einmal doch noch zu erzählen an – und Eric hörte zu.

»*Poor girl*«, brummte er, als sie geendete hatte. »Ich verstehe die Männer nicht. *You are such a wonderful woman!* Sie müssen sein blind, wenn sie nicht sehen, *what a great woman you are*. Du bist so eine tolle Frau!«

»Ich weiß nicht …«, murmelte Isabella, die während ihres Erzählens immer nachdenklicher geworden war. »Vielleicht … vielleicht bin ich weit mehr selbst an allem schuld, als mir bislang bewusst war …«

»Du? Aber du hast sie doch nicht gestoßen in die Arme von die andere Frau!«, begehrte Eric auf.

Isabella trank noch einen Schluck, stellte ihr Glas dann ab und strich ihr Haar zurück. »Nein, natürlich nicht, aber ich … ich weiß nicht. Irgendwie denke ich schon lange, dass der Fehler bei mir liegt – liegen muss. Immerhin war das jetzt der dritte Mann dieser Art! Vielleicht will ich auch zu viel und schrecke die Männer damit ab?«

Eric lachte auf. »Also mich eine Frau würde nicht abschrecken, die einfach nur *happy* mit mir sein und mich für sich allein haben will! *No, no, darling*, du hast ausgesucht dir einfach immer die falschen Männer!«

»Und warum? O, warum nur?«, seufzte Isabella und trank noch einen besonders großen Schluck ihres »Happy-Wonder-Drinks«.

»Weil nicht reif war die Zeit für den Richtigen«, gab Eric zurück und versetzte ihr einen Nasenstüber. »Wie nicht reif war die Zeit für Sharon und mich. *That's life*, darling! Der richtige Partner kommt noch, für dich und für mich!«

»Trotzdem verstehe ich nicht, wieso du jetzt in diesem Hotel Urlaub machst, wo ihr euch doch hier getrennt habt. Das … das ist doch der reinste Mao-, Quatsch, Masochismus.« Isabella musste lachen und leerte, als sie sich wieder beruhigt hatte, den Rest ihres Glases in einem Zug. »Dieser Drink hilft wirklich. Wenn ich Guillem jetzt hier sähe, würde ich ihm glatt einen Kuss geben und ihn dann stehen lassen.« Sie sah Eric an und schüttelte den Kopf. »Also, warum bist du hergekommen?«

»Weil ich noch immer nicht hatte verstanden, wie es konnte passieren. Ich habe gehofft, ich würde es hier verstehen – und das ich habe nun auch. *Darling, it's as easy as this:* Wir waren nicht gemacht füreinander. *And only here and now*, erst hier und jetzt ich habe einen endgültigen Schlussstrich ziehen können für mich.« Er sah Isabella an, die angefangen hatte, vor sich hin zu grinsen, und lachte auf. »Oh, *my dear*, ich befürchte, allmählich du hast zu viel getrunken von dem Zeug!«

»Ich? Aber nein, jetzt wird es doch gerade erst lustig! Und nun lass uns über unser neues Leben reden. Was machen wir jetzt? Wo finden wir unseren Traumpartner?« Isabella winkte dem Ober zu und bestellte sich noch einen »Happy-Wonder-Drink«, aber Eric drückte ihren Arm wieder nach unten, machte dem Ober Zeichen, dass sie es sich anders überlegt hatte, und legte ihr den Zeigefinger auf die Lippen. »Darling, ich denke, den Traumpartner du suchst besser morgen. Jetzt ich bringe dich in dein Bett.«

»Ins Bett bringen? Ach was, da komme ich doch auch noch allein hin!«, krakelte Isabella und hielt sich erschrocken die Finger auf die Lippen. »Psst, nicht wahr? Leise, psst!« Sie giggelte wie ein Teenager und versuchte aufzustehen, kam aber auch beim dritten Schwungholen nicht aus dem tiefen Sessel heraus.

»Upsala«, machte sie. »Ich befürchte, du musst mir hier doch raushelfen!«

Eric lachte, reichte ihr die Hand und zog sie hoch, aber Isabella bekam dabei so viel Schwung, dass sie ihm regelrecht gegen die Brust flog.

»Oh, Darling, *I wished I hadn't got this drink for you!*« Eric grinste. »Aber ich konnte nicht ahnen, dass du verträgst nichts!«

»Ich vertrage nur eines nicht«, flüsterte Isabella ihm kichernd zu, »und das sind untreue Männer!« – Aber zugleich schwankte sie so bedrohlich, dass Eric doch rasch den Arm um ihre Taille schlang. Um ihr größtmöglichen Halt zu geben, zog er sie eng an sich heran.

»Du trinkst sonst nur Saft und Wasser, *don't you?*«, schmunzelte er und machte sich mit ihr behutsam auf den Weg ins Hotelfoyer. Isabella nickte. »Und Kaffee und Tee!«

Sie lehnte ihren Kopf an seine Brust, schloss die Augen und lächelte selig. »Ach, Eric, wenn man es sich genau betrachtet, bist du ebenso *wonderful* wie der Drink.« Sie bekam erneut einen Schluckauf. »Ich habe dich anfangs ganz falsch eingeschätzt; kannst du mir verzeihen? *You are lovely*, du bist ein echter Schatz!«

»Aber natürlich, Darling, ich verzeihe dir. Du bist so *beautiful*, ich könnte nie böse sein mit dir!«

Er küsste sie sanft aufs Haar und bat einen Herrn, der am Eingang zum Hotel stand, mit einem freundlichen Blick, sie vorbeizulassen. Der Mann starrte ihn erst nur an, dann stützte er sich auf seine Krücken und humpelte mit düsterer Miene davon.

11. Kapitel

Am nächsten Morgen brummte und dröhnte es in Isabellas Kopf, als würde ihn jemand von innen mit Presslufthämmern bearbeiten. Sie stöhnte, legte sich die Hände auf die Augen und fragte sich, ob sie nicht besser sterben sollte.

Als sie eine Weile ganz, ganz ruhig liegen geblieben war, ließ das Hämmern etwas nach. Behutsam öffnete sie die Augen. Obwohl die Vorhänge geschlossen waren und die Sonnenstrahlen nur sehr gedämpft ins Zimmer drangen, stach ihr das Licht wie Messer in den Augen.

Verdammt, was habe ich denn gemacht?, jammerte sie. Im ersten Moment breitete sich in ihrer Erinnerung nur ein großes, weißes Loch aus, aber dann fiel ihr von einer Sekunde zur nächsten alles wieder ein: das Gitarrenkonzert mit Guillem, wie er sie – endlich – berührt und sie gehofft hatte und wieder enttäuscht worden war, dann gestern der Abend mit Eric und ihre Suche nach Vergessen mit Hilfe der Happy-Wonder-Drinks, gefolgt von ihrer Unfähigkeit, wieder allein auf die Beine zu kommen und wie Eric sie deswegen in ihr Zimmer bringen musste. Eric! Auf einmal schoss ein ganz unglaublicher Gedanke in Isabella hoch, ihr Kopf flog herum, um neben sich zu sehen – doch da lag niemand.

Thanks god!, hauchte sie, dem Himmel sei Dank, dass Eric ein Gentleman ist und die Situation nicht ausgenutzt hat! Und wenn in diesem Moment nicht eine neue Schmerzenswelle in ihren Kopf geschossen wäre, hätte sie vor Erleichterung fast lächeln können.

Es dauerte eine halbe Stunde, bis sich Isabellas Kopfschmerzen und Schwindelanfälle so weit gelegt hatten, dass es ihr zumindest möglich war, sich ins Badezimmer zu schleppen und sich dort im Zahnputzbecher zwei Kopfschmerztabletten aufzulösen. In einem einzigen kräftigen Zug spülte sie sie hinunter, setzte sich dann auf den Toilettendeckel und wartete darauf, dass die Wirkung einsetzte. Tatsächlich ging es ihr ein paar Minuten später schon um einiges besser. Nach Frühstück war ihr trotzdem nicht zumute und nach Joggen noch viel weniger. Ein Spaziergang, dachte sie, ja, ein Spaziergang könnte mir jetzt guttun. Sie zog sich ein kleingeblümtes, leichtes Baumwollkleid über, schnappte sich ihre Tasche, drückte ihre Sonnenbrille auf die Nase und verließ das Hotel.

Nachdem Isabella ein paar Meter gegangen war, wurde ihr bewusst, wie hoch die Wahrscheinlichkeit war, hier Eric in die Arme zu laufen, der um diese Uhrzeit sicher noch joggte. Bevor sie die Folgen des gestrigen Abends nicht ganz ausgestanden hatte, wollte sie ihm jedoch lieber nicht in die Arme laufen. Kurz entschlossen hielt sie ein Taxi an und ließ sich in den alten Stadtkern fahren, wo heute, wie sie dort feststellen musste, Wochenmarkt war. Schon von der anderen Straßenseite aus sah sie die zum Schutz gegen die Sonne mit schwarzen Stoffbahnen überspannten Stände und die Händler, die laut schreiend pralle Melonen, saftige Nektarinen und gigantische Salatköpfe anboten, gefolgt von anderen, die getrockneten *bacalao*, eingelegte Oliven oder leckeren *jamón serrano* feilboten. Obwohl Isabella der Sinn nicht nach Lärm und

Menschengewimmel stand, warf sie auch noch einen Blick auf den direkt daneben liegenden Kleider- und Gebrauchsartikelmarkt. Speckig glänzende Lederwaren machte sie dort aus, ein kleiner, dicker Mann pries irgendwelche Plastikbehälter an, ein Bauchladenverkäufer seinen Schmuck. Direkt neben ihm entdeckte Isabella einen Stand mit geschmackvoll bedruckten Pareos. Ein solches Strandtuch schien ihr das ideale Mitbringsel für ihre Nachbarin zu sein, die ihre Blumen goss und auch sonst nach dem Rechten sah. Als sie näher kam, fiel ihr Blick sofort auf einen azurblauen, mit schwarzen Geckos bedruckten Pareo. Isabella schüttelte ihn zu seiner vollen Größe aus – und im gleichen Moment stürzte die Standbesitzerin auf sie zu und fauchte sie mit Funken sprühenden Augen auf Mallorquinisch an.

»Ich … ich verstehe Sie nicht«, stotterte Isabella der kleinen, katzenhaften Frau entgegen. Sie schätzte, dass sie ein paar Jahre jünger als sie selbst war, und fragte sich ob ihres weiterhin überaus glühenden Blickes, ob sie vielleicht nicht menschlichen, sondern vulkanischen Ursprungs war. Als die Frau ihr gleich darauf noch etwas zuzischte, legte Isabella den Pareo hastig an seinen Platz zurück und entschuldigte sich noch einmal: »Es tut mir leid, aber ich verstehe wirklich nicht, was Sie sagen!«

»Doch du verstehen, du genau verstehen!«, giftete die Mallorquinerin erneut los und trat ganz nah an sie heran. *»Bella música, eh que si?! Y un hombre guapo!«*

»Schöne Musik und ein gutaussehender Mann?« Isabella verstand immer weniger, was die Frau von ihr wollte. Was hatten denn Musik und Männer mit dem Strandtuch zu tun? Und was für eine Musik meinte sie überhaupt? Und welchen Mann? Isabella begann am Verstand der Frau zu zweifeln.

Eine andere frühmorgendliche Einkäuferin trat an den Stand, nahm einen Pareo und fragte die Standbesitzerin auf Englisch, was er kosten solle.

»Seven Euros«, blaffte die Mallorquinerin, ohne den Blick von Isabella abzuwenden oder mit der neuen Kundin einen ähnlichen Streit wie mit Isabella vom Zaun zu brechen. Isabella konnte sich absolut keinen Reim darauf machen, was hier vorging. Womit hatte sie die Frau so aufgebracht? Isabella musterte sie genauer. Ihr langes dunkles Lockenhaar fiel ihr ungebändigt über die schmalen Schultern, ihre Gesichtszüge waren zwar markant, aber nicht scharf und durchaus apart – und dann fiel Isabellas Blick auf das Armband der Frau. Es war ein Perlenarmband, dessen Perlen sehr aufwändig einzeln mit Silberziselierungen eingefasst waren – ein Armband, das sie nicht zum ersten Mal sah.

»Sie … Sie …« Isabella verstummte erschrocken und starrte die Frau an.

»Sie-sie was?«, zischte die Frau zurück. »Du gehen, gehen Alemania! Alemania auch Männer, *o no*?«, zeterte sie weiter, und das mit einem so giftigen Blick, dass Isabella ganz beklommen zumute wurde. Verstört wich sie zurück und verließ fast fluchtartig den Stand.

Die Begegnung regte Isabella so sehr auf, dass ihr die Knie zitterten. Sie verließ den Markt und wandte sich der Altstadt zu. Das Einzige, was sie jetzt noch wollte, war ein geschützter Ort, wo sie sich unbehelligt niederlassen konnte. Als sie an einem Café vorbeikam, schaute sie sich um, doch die fuchtige Mallorquinerin war ihr nicht gefolgt. Sie wählte einen Platz am Rand des Cafés. Hart und sperrig drückte ihr die Lehne des Aluminiumstuhls gegen den Rücken, aber sie war so durcheinander und schockiert, dass ihr selbst das egal war. Hauptsache, sie konnte einen Moment lang ausruhen und sich beruhigen …

Während sie auf den *café americano con leche* wartete, den sie bestellt hatte, schaute sie sich um und stellte fest, dass sie in genau dem Café saß, von dem aus sie an dem Tag, als sie ihre Wanderschuhe gekauft hatte, dieser Mann beobachtet hatte. Sie fand es komisch, dass er nie mehr aufgetaucht war. »Ach, Usch«, seufzte sie. »Von wegen Mallorca, Ruhe und Erholung. Bisher hatte ich das noch nicht einen einzigen Tag lang – und das Glück ist mir hier auch genauso wenig hold wie zu Hause.« Aber sie machte der Freundin keine Vorwürfe.

Der Kellner brachte ihr ihren Kaffee, und Isabella bestellte auch noch ein Croissant, obwohl sie nicht sicher war, ob sie etwas würde hinunterbringen können. »Und wenn Sie dann auch noch den Sonnenschirm öffnen könnten? *El parasol, por favor …*«

Zwar war es noch nicht heiß, aber das helle Licht schmerzte Isabella trotz ihrer Sonnenbrille in den Augen. Auf dem Nebentisch entdeckte sie eine englische Tageszeitung, die dort jemand liegen gelassen hatte. Sie holte sie sich, las, bestellte bald noch einen zweiten Kaffee und stellte fest, dass sie das Croissant beim Lesen gegessen haben musste. Zumindest war der Teller leer. Irritiert über ihre geistige Abwesenheit krauste sie die Stirn und machte eine neue innere Zustandsaufnahme. Sie kam zu dem Schluss, dass es ihr eigentlich wieder besser ging. Trotzdem wagte sie nicht, über den seltsamen Zwischenfall mit dieser Frau nachzudenken – und noch weniger über Guillem.

Zwei Stunden später saß Isabella immer noch in dem Café und las und sah sich um und las. Auf einmal drang eine Frauenstimme an ihr Ohr, die sie in ihrem Leben lieber nicht noch einmal gehört hätte – auch wenn sie jetzt keinesfalls mehr aggressiv, sondern im Gegenteil lockend und verschwörerisch klang. Vorsichtig schielte Isabella an ihrer Zeitung vorbei und sah, wie die rabiate Händlerin am Café vorbeischlenderte und dabei ebenso gesten- wie wortreich auf jemanden einredete, den Isabella jedoch nicht erkennen konnte, weil er von der Händlerin verdeckt wurde. Isabella wagte sich aber nicht noch weiter aus ihrer Deckung heraus und verbarg sich jetzt überhaupt wieder ganz hinter ihrem Blatt, denn die Stimme kam näher. Jetzt klang sie noch wärmer und einschmeichelnder, dann brach die Frau in ein Lachen aus, das so frisch und spritzig wie aufperlender Sekt hochschoss – und in das jemand ebenso fröhlich einstimmte.

Als Isabella das zweite Lachen hörte, zuckte sie zusammen, und obwohl sie intuitiv gleich wusste, wem es gehörte, weigerte sie sich, es zu glauben. Erst nach einem langen Atemzug traute sie sich, erneut an ihrer Zeitung vorbeizuschauen. Wiederum erspähte sie nur die Frau, aber schließlich erhaschte sie auch einen Blick auf den Mann – und zerrte sich die Zeitung sofort wieder vors Gesicht. Nein, um den Mann an der Seite der Händlerin zu erkennen, brauchte sie allerdings keine Brille, zumal es derzeit sicher trotz all der Touristen hier kaum mehr als einen blondgelockten Mann gab, der sich mit Gipsbein und Krücken fortbewegte.

Auch wenn Isabella hinter ihrer Zeitung schreckensstarr verharrte, hörte sie die beiden doch weiterhin, da sie nur sehr langsam weitergingen und zwischendurch, wie es ihr schien, auch stehen blieben. Guillem und die Frau lachten noch mehrmals, Isabella hörte sie miteinander reden, und auch wenn sie nicht verstand, was sie sagten, weil sie so schnell und überdies Mallorquinisch sprachen, klang das Ganze für sie doch sehr, sehr einvernehmlich und vertraut.

Na, wie schön, dass ihr euch wieder zusammengerauft habt, zischte Isabella gegen ihre Zeitungsseiten an. Und wie nett von dir, Guillem, dass du mich nun auf so überaus rücksichtsvolle Art und Weise mit deiner liebreizenden Lebensgefährtin bekannt machst. Allerdings wäre das gar nicht nötig gewesen, denn vorhin hat sie sich mir schon selbst vorgestellt. Was meinst du? Ihre Wut? Ob die mich nicht verletzt hätte? Aber nein! Es war doch schon immer mein Traum, auf einem mallorquinischen Markt mit einem Pareo stranguliert zu werden! Na, immerhin muss ich jetzt nicht länger darüber nachgrübeln, bei wem du die letzte Nacht verbracht hast. So long, Guillem – und: Fahr zur Hölle!

Auch als die beiden weitergegangen waren, verbarg sich Isabella noch eine ganze Weile hinter ihrer Zeitung. Unwillkürlich kamen ihr die Tränen. Zu gern wäre sie jetzt in ihrem Hotelzimmer, aber jeder Schritt, den sie dafür hätte tun müssen, erschien ihr zu viel. Selbst die Zeitung aus der Hand zu legen schaffte sie nicht.

Erst viele Minuten später gelang es ihr, das Blatt sinken zu lassen. Sie kramte ein Taschentuch aus ihrer Handtasche, trocknete ihre Wangen und schnäuzte sich, bis die dummen Tränen endlich versiegten. Dann legte sie einen Zehn-Euro-Schein auf den Tisch und ging.

Bei jedem Atemzug, den sie tat, musste sie an Guillem denken. Unentwegt sah sie seine bernsteinfarbenen Augen vor sich und schließlich auch wieder, wie er sie angesehen hatte am Abend des Konzerts. Auf einmal spürte sie die Intensität seines Blicks so stark, als stünde er direkt vor ihr. Alles in ihr begann zu rasen und zu zittern, und sie sehnte sich so unglaublich danach, wirklich vor ihm zu stehen, dass sie das Gefühl hatte, innerlich verbrennen zu müssen. Wenn ihr in diesem Moment jemand gesagt hätte, wo Guillem hingegangen war, hätte sie keine Sekunde gezögert, ihm nachzurennen und ihm entgegenzuschleudern, wie sie für ihn empfand – so sinnlos dies auch gewesen wäre …

12. Kapitel

Auch in ihrem Hotelzimmer hielt es Isabella nicht lange aus: In der Stille hatte es die Erinnerung an Guillem allzu leicht, von ihr Besitz zu ergreifen. Sie zog sich ihren Bikini und ihren Pareo an, warf sich ein Strandlaken über die Schulter, klemmte sich ihr Buch unter den Arm und floh an den Strand, um in der Menge der Sonnenanbeter unterzutauchen.

Der Strand war um diese späte Vormittagsstunde mehr als gut besucht, und die Sonne brannte so erbarmungslos vom wolkenlosen Himmel nieder, dass Isabella eine der Sonnenliegen unter den fest installierten Sonnenschirmen mietete und es sich dort bequem machte. Zu all ihrem Elend brauchte sie schließlich nicht auch noch einen Sonnenbrand samt Hitzschlag. Sie klappte ihr Buch auf und begann zu lesen, aber mal störten sie die ausgelassenen Schreie einer Gruppe Beachball spielender Kinder, mal das Zischen der beiden jungen Frauen, die unterhalb von ihr lagen und sich in breitestem Schwäbisch Gemeinheiten an den Kopf warfen. Noch weit mehr als das aber störte sie das Paar, das zwar fast geräusch-, aber keinesfalls tatenlos neben ihr lag und dank seiner innigen Verliebtheit problemlos mit einer einzigen Liege zurechtkam.

Eine gute halbe Stunde lang versuchte Isabella noch, die Stimmen und Taten um sie herum auszublenden, dann traten ihr die Tränen in die Augen. Wütend klappte sie ihr Buch zu, lief zum Ufer und stapfte ins Wasser, bis es endlich tief genug wurde, damit sie mit einem Kopfsprung abtauchen konnte. Sicher eine Stunde lang schwamm Isabella einfach hin und her, so lange, bis ihr die Arme schwer wurden – aber Guillems Bild war noch immer nicht vor ihrem inneren Auge verschwunden. Verdrossen kehrte sie zu ihrer Liege zurück und wollte eigentlich gleich weiter ins Hotel gehen, aber dann stellte sie fest, dass die Nervensägen um sie herum allesamt gegangen waren, und streckte sich dann doch wieder auf ihrer Sonnenliege aus. Die Ruhe, die sie jetzt umgab, tat ihr gut, und auch die älteren Damen, die später kamen und nach einem kurzen Plausch in einen tiefen Siestaschlaf fielen, störten sie nicht, zumal sie, abgekämpft wie sie war, schließlich auch selbst eindöste.

Unterbrochen von zwei kleinen Imbissen, die sie in einer strandnahen Bar einnahm, blieb Isabella den ganzen Tag am Strand, und sie hätte auch nicht gewusst, was sie sonst tun sollte: wandern, einkaufen gehen, etwas besichtigen fahren? Nein, all dies hätte noch weit mehr als der Strand die Erinnerung an Guillem in ihr wachgerufen.

Erst als der Strand sich gegen Abend zu leeren begann, kehrte auch Isabella ins Hotel zurück. Während sie sich duschte, überlegte sie, ob sie lieber unten im Speisesaal oder in einem Restaurant essen gehen sollte, aber selbst als sie schon dabei war, sich einzucremen, konnte sie sich zu keiner Entscheidung durchringen. Einerseits hätte sie es schön gefunden, im Hotel mit Eric plaudern zu können – aber andererseits war ihr gar nicht nach reden, sondern erneut nur nach heulen zumute.

Letztlich beschloss Isabella, das Abendessen ausfallen zu

lassen. Sie nahm sich einen Orangensaft aus der Minibar, setzte sich auf den Balkon und las in ihrem Buch, bis es zu dunkel dafür wurde. Dann beschloss sie, noch ein wenig am Strand spazieren zu gehen. Als sie schon fast aus dem Zimmer hinaus war, kehrte sie noch einmal zurück, holte ihre Brille aus der Handtasche und setzte sie auf. Sie wollte endlich einmal sehen, wie es am Ende der Bucht aussah – ohne bis dorthin laufen zu müssen. Und ob sie jemand mit der Brille sah und auslachte oder nicht – nun, das war ab sofort wirklich nicht mehr ihr Problem.

Isabella versteckte ihre Sandalen in den Dünen. Barfuß lief sie über den noch sonnenwarmen Sand zum Ufer und verfolgte fasziniert den Flug zweier Möwen, die ihre letzten Runden am Abendhimmel drehten. Es ist gar nicht einmal so schlecht, weiter als ein Stückchen über die eigene Nasenspitze hinaus klar sehen zu können, schoss es ihr dabei durch den Kopf, und schließlich konnte sie sogar ein bisschen lächeln. Zieh einen Strich, dachte sie, und vergiss Guillem! Und wer weiß: Vielleicht kam ja doch noch irgendwann einmal ein Mann, mit dem sie dann in ebensolcher Harmonie ihre Kreise ziehen könnte, wie diese beiden Vögel da oben. Sie nickte, als müsse sie sich ihren letzten Gedanken bestätigen, und begann ihren Spaziergang.

Schnell brach die Nacht ganz über die Insel herein, doch der Mond und die Sterne strahlten hell genug, um Isabellas Weg zu beleuchten. Nach einer guten Stunde trat sie den Rückweg an und kam an einer Gruppe junger Leute vorbei, die noch einmal baden gehen wollten. Die Männer lachten und johlten, weil es zwei der Frauen, die bei ihnen waren, unheimlich war, im Dunkeln ins Wasser zu gehen, aber letztlich plantschten sie dann doch alle zusammen im Meer. Ihr ausgelassenes Gelächter blieb hinter Isabella zurück, und ihre Sinne versanken mehr und mehr in das sanfte Rauschen der Brandung und das Gefühl der salzigen Brise auf ihrer Haut. Ganz still und ruhig wurde es darüber in ihr, und schließlich fiel ihr auf, dass auch ihr Herz ein wenig leichter geworden war.

Kurz vor der Abzweigung zu ihrem Hotel kam Isabella an einem weit aufs Meer hinausgehenden Anlegesteg vorbei. Ganz einsam war es hier, und sie bekam Lust hinauszulaufen, das Land hinter sich zu lassen, ihre Erinnerung, ach, einfach alles, dachte sie und setzte den Fuß auf die Bretter. Sie hörte, wie die Brandung unter ihren Füßen gegen die Stelzen des Stegs schlug und wie sich die Wellen daran brachen. Es war ein eigenartiges Gefühl für sie, das Meer unter sich zu spüren – vor allem jetzt, in der Dunkelheit. Vertrauen, dachte sie. Zur Abwechslung einmal nicht in die Männer, sondern nur darauf, dass der Steg stabil war. Und dass kein Tsunami kam und kein Seedrachen aus den Tiefen des Meeres hochschoss, führte sie den Gedanken fort, um sich selbst ein bisschen aufzuziehen, konnte jedoch nicht darüber lachen. Immerhin war ihr jetzt trotzdem weniger bang, und bis zum Ende des Stegs war ihr Vertrauen in dieses Bauwerk sogar so groß, dass sie sich hinsetzte und die Beine baumeln ließ. Sie schloss die Augen und lauschte auf die Brandung, auf die Stille hinter ihr … und ihr dummes, erneut allzu heftig und weh schlagendes Herz.

Nach einer Weile hörte Isabella ein Geräusch hinter sich. Sie wandte den Kopf und sah einen Mann auf dem Steg. Zuerst dachte sie, es sei einfach ein anderer Nachtschwärmer, aber dann fiel ihr auf, dass der Mann an Krücken ging und zielstrebig auf sie zukam. Schlagartig wandte Isabella den Kopf wieder zum Meer und erwog hineinzuspringen. Stattdessen zog sie ihre Beine an die Brust, umschlang sie, als seien sie der letzte Halt, der sich ihr noch böte, und biss sich verzweifelt auf die Lippen.

Guillem blieb einen guten Meter hinter Isabella stehen und schaute wie sie und ohne das Wort an sie zu richten, auf das Meer hinaus. Isabella hörte ihn ruhig atmen. In ihrem Kopf pochte die Frage, was er hier wollte, aber sie brachte sie nicht über die Lippen.

Nach einer Weile räusperte er sich. »Ich ... bin gekommen, weil ich es nicht gut finde, dass wir so auseinander gehen.«

Isabella schluckte und blickte eisern weiter aufs Meer hinaus. Kurz darauf hörte sie, wie er sich hinsetzte. Ohne sich zu ihm umdrehen zu müssen, wusste sie, dass er sehr dicht bei ihr saß und meinte sogar, seinen Atem auf ihrer bloßen Schulter spüren zu können.

»Isabella, ich ... ich habe Elena getroffen, und sie hat mir erzählt, dass sie ziemlich schroff zu dir war.«

»Schroff?«, wiederholte Isabella heiser und hätte fast aufgelacht.

»Na ja, sie ... so ist sie halt, eine wahrhaftige Señorita Quecksilber. Sie schießt so schnell hoch, dass sie oft erst merkt, was sie tut, wenn es schon passiert ist. Sie hat mich gebeten, dir zu sagen, dass es ihr leid tut, dich so angeraunzt zu haben.«

»Oh, wie nett!« Isabellas Stimme troff vor Ironie. Ihr Kopf fuhr zu ihm herum. »Allerdings hättest du mich deswegen nicht extra suchen müssen. Ich überstehe dergleichen auch ohne männlichen Beistand!«

Isabella hörte, wie Guillem ein Stück von ihr abrückte. Dann war es wieder ganz still, und je länger diese Stille anhielt, desto mehr drängte es Isabella, Guillem zu fragen, wie lange er noch hier hocken wolle und wieso er sie eigentlich nicht einfach zufriedenlassen könne, aber stattdessen entfuhr ihr: »Wie hast du mich eigentlich gefunden?«

»Zuerst habe ich im Speisesaal des Hotels nach dir Ausschau gehalten, und als ich dich da nicht finden konnte, habe ich Asunción nach dir gefragt. Sie meinte, dass du das Hotel verlassen und keine Tasche dabei gehabt hättest und deswegen sicher nur zum Strand gegangen wärst.«

»Wenn sie über alle Gäste so minutiös Auskunft erteilen kann, sollte sie sich unbedingt als mallorquinisches Gedächtniswunder ins Guinnessbuch der Rekorde eintragen lassen.«

Guillem seufzte. »Nein, normalerweise kann Asunción das sicher nicht, aber da ich in dem Hotel ab und an ein Konzert gebe, kenne ich natürlich das Stammpersonal und, na ja, ich habe halt schon ein paar Mal mit ihr über dich gesprochen.«

»Es scheint ja ohnehin kaum Frauen auf der Insel zu geben, die du *nicht* kennst«, rutschte es Isabella heraus.

Sie sah, wie Guillem den Mund öffnete, um ihr zu antworten, aber dann schloss er ihn wieder und schüttelte den Kopf, als wolle er sagen: Was soll das? Warum müssen wir uns angiften?

Erst ein paar Sekunden später ging Isabella auf, was Guillem noch gesagt hatte. »Was heißt das: Du hast ein paar Mal mit ihr über mich gesprochen? Wozu? Und wann?«

Guillem atmete lange aus. »Also, wenn du mich so fragst … Ehrlich gesagt bist du mir gleich am Tag nach deiner Ankunft aufgefallen, im Hotel …«

Isabella starrte ihn an. »Moment! *Du* warst der Mann, den ich am Tag nach meiner Ankunft in der Hotelhalle gesehen habe? Und später auch in der Stadt?«

»Na ja … Als du mich in der Hotelhalle gesehen hast, kam ich gerade von einem Gespräch mit dem Direktor, und als du auf die Frühstücksterrasse verschwunden bist, da habe ich dann Asunción gefragt, wer du bist und so …«

»Und so, aha!« Isabella schnaubte. »Ich fasse es nicht! Was hat dir Asunción denn so alles über mich erzählt? Ach, und dein Auftauchen in den Bergen am Tag danach hängt wohl auch damit zusammen, was? Wessen Idee war das denn, dass du mir in die Berge nachsteigst? Deine oder die von Asunción?« Isabella sah, wie Guillem verlegen die Hände hob.

»Jetzt … jetzt warte doch erst mal, bevor du mir den Kopf abreißt! Asunción kann da nun wirklich gar nichts dafür. Ich … Ja, ich wollte dich kennenlernen, das gebe ich ja zu, und nachdem ich gesehen hatte, wie du diesen Mann im Speisesaal hast abblitzen lassen, dachte ich, auf so einem Spaziergang wäre das vielleicht unverfänglicher …«

»Auf jeden Fall ist sie sehr praktisch für dich, diese Asunción, um neue Frauen kennenzulernen, was? Und auch sonst – Kompliment für die Planung. Nur der Absturz war blöd gelaufen, was? Aber selbst das nutzte dir dann ja irgendwie. Immerhin verstehe ich jetzt, wieso deine Tante dich einen *rompecorazones* nennt.«

»Aber nein, Isa, das verstehst du alles ganz falsch!«

Als Guillem sie Isa nannte, zuckte Isabella zusammen. Schon so lange hatte sie niemand mehr so genannt und mit so viel Zärtlichkeit in der Stimme noch viel weniger. Sie spürte einen Kloß im Hals und krallte ihre Finger beinahe verzweifelt um die Bretter des Stegs. »Würdest du jetzt bitte gehen?«

Guillem beugte sich zu ihr vor, schien nach ihrer Hand greifen zu wollen, legte seine Hand dann aber einfach nur neben sie. »Isa, bitte, so lass dir doch wenigstens erklären –«

»Ich glaube, darauf kann ich sehr gut verzichten«, fiel Isabella ihm mit rauer Stimme ins Wort. »Ich kann mir nämlich auch ohne weitere Details sehr gut vorstellen, wie sehr du deine Freundin – Elena heißt sie, richtig? – mit deinen Frauengeschichten zur Weißglut bringst!«

»Aber … aber so ist es doch gar nicht!«

»Ach nein, und wie ist es sonst?«

»Elena ist nicht meine Freundin, sondern die Tochter meiner Nachbarn!«

»Und ab und an überkommt es sie, wegen nichts und wieder nichts wildfremde Frauen auf dem Markt verbal zu attackieren?«

»Aber das war doch alles nur ein Missverständnis«, ereiferte sich Guillem und fluchte, weil er sich mit seinem Gipsbein nicht so aufsetzen konnte, wie ihm in diesem Moment wohl zumute war. »Es fing damit an, dass Elena vor drei Monaten aus Paris zurückgekommen ist. Sie hatte dort nach einer Galerie für ihre Gemälde gesucht, sich aber nur Absagen eingehandelt und sich in der Zwischenzeit als Sängerin in irgendeinem »Café-Theatre« über Wasser gehalten. Hier wollte sie dann endgültig den Pinsel gegen das Mikrofon tauschen und bei mir Gesangsunterricht nehmen. Da sie kaum Geld hat, hat sie mich gefragt, ob sie den Unterricht nicht dadurch begleichen kann, dass sie mein Haus putzt und sich um die Katzen kümmert, wenn ich mal weg bin, und dann hat sie …«

»… sich in dich verliebt!«, beendete Isabella die Geschichte für ihn kühl.

»Aber nein, das heißt doch, ja, aber, ach Mensch, Isa!« Genervt strich sich Guillem die Locken aus der Stirn. »Elena ist halt ein Wirrkopf! Vor drei Monaten hat sie sich eingebildet, in Picassos Fußstapfen treten zu müssen, derzeit will sie die Anastacia Spaniens werden und in einem halben Jahr sieht sie sich womöglich als die neue Julia Roberts – und in der Zwischenzeit schrubbt sie Fußböden und verkauft Pareos. Mein Gott, glaubst du wirklich, ich bin der Typ Mann, der sich von so einem unausgegorenen Flatterwesen angezogen fühlt?«

»Aber irgendwelche Hoffnungen musst du ihr doch gemacht haben. Oder warum sonst hat sie mich heute früh so angefaucht?«

»Sie war wütend, weil ich ihr vor ein paar Tagen gesagt habe, dass ich sie nicht weiter unterrichte und auch nicht mehr will, dass sie bei mir saubermacht. Da sie dich in diesen Tagen mehrmals in mein Haus hat gehen sehen, hat sie sich irgendwie eingebildet, dass du der Grund dafür seist.« Guillem holte tief Luft. »Aber all diese Zusammenhänge sind mir erst heute früh klar geworden, als ich sie auf dem Markt getroffen habe. Da hat sie mir erzählt, was zwischen dir und ihr vorgefallen ist, und du kannst mir glauben, dass ihr das da schon mehr als unangenehm war. Trotzdem habe ich noch einmal klargestellt, dass du nichts damit zu tun hast, dass ich sie nicht weiter unterrichten will. Außerdem hatte ich einen heißen Tipp für sie, wo sie ab sofort drei Mal die Woche auftreten kann. Ich wette, inzwischen weiß Elena noch nicht einmal mehr, dass es mich gibt, und malt sich stattdessen schon eine rosarote Zukunft mit dem Besitzer des Pubs aus!«

»Und warum war dann neulich ihr Armband und ihre Jacke bei dir im Haus?«

»Weil sie dauernd etwas von sich bei mir gelassen hat – um auch zwischendurch immer wieder einen Grund zu haben, bei mir hereinzuschneien. Sicher wollte sie in den letzten Tagen auch bei dir den Eindruck erwecken, dass ich nicht alleinstehend bin – was ihr ja offenbar auch gelungen ist.«

Isabellas Herz pochte vor freudiger Aufgeregtheit bis zum Hals. »Du und Elena, ihr seid also …«

»Kein Paar, genau, nie gewesen und nie geplant, und es tut mir leid, dass sie dich heute früh so angefahren hat.«

»Aber?« Isabella sah ihn abwartend an.

»Was aber?« Verwundert hob Guillem die Augenbrauen.

»Na ja, nicht, dass es mich etwas anginge, aber ich … also in der Nacht, als wir zu dem Gitarrenkonzert gingen … Ich dachte eigentlich …«

»Elena würde in der Altstadt wohnen und ich bei ihr übernachtet haben?« Guillem lachte auf. »Schön wär's! In meiner Musikschule war ich. Und ich kann dir versichern, ich spüre jetzt noch jede einzelne Sprungfeder dieses Sofas in meinem Kreuz!«

»Und die frischen Shorts und das Hemd? Ich meine, in Valldemossa hattest du doch ganz andere Kleidung getragen?«

»Kann es sein, dass du gerade Asunción Konkurrenz machst? Worauf ihr Frauen alles achtet! Unfassbar!«

»Und die Antwort?« Isabella grinste.

»Die Sachen waren neu! Ich konnte ja wohl kaum mit den Kleidern, die ich den ganzen Tag schon getragen hatte, mit so einer schönen Frau auf ein Konzert gehen. Jetzt zufrieden?« Er lachte gutmütig auf, wurde dann wieder ernst und klatschte sich auf den Schenkel. »So, und da dies nun geklärt ist, bleibt mir eigentlich nur noch, dir zu danken, dass du mir den Wagen hast zurückbringen lassen. Aber eigentlich wäre das nicht nötig gewesen; ich kann ihn derzeit ohnehin nicht benutzen. Allerdings kann ich mir denken, dass dein … na ja, ich habe mitbekommen, dass du jetzt … beschäftigt bist. Wie dem auch sei: Ich wollte mich auf jeden Fall ordentlich von dir verabschieden, dir noch eine erholsame Zeit hier wünschen und für diese schönen Tage danken, die wir zusammen verbracht haben. Ja, das war's auch schon, was ich loswerden wollte.« Er hob die Achseln, sah sie an und stutzte auf einmal. »Seit wann trägst du denn eine Brille?«

Hastig riss sich Isabella das schmale, schwarze Gestell von der Nase und verbarg es in ihren Händen. Auch sonst war sie auf einmal erneut wieder völlig verunsichert. Gerade eben hatte sie noch gehofft, nun gäbe es doch eine Chance für sie und Guillem, und da verabschiedete er sich von ihr, als sei es ihm ganz gleich, ob sie sich wiedersähen … Überdies war bei dem, was er gesagt hatte, etwas gewesen, das sie hatte hinterfragen wollen – aber im Moment war sie so durcheinander, dass sie nicht mehr wusste, was es war. Warum können wir uns nicht wiedersehen, wenn du und Elena doch kein Paar seid?, war das Einzige, was in ihrem Kopf herumgeisterte. Und da, auf einmal, wusste sie wieder, welches Wort ihr aufgestoßen war: beschäftigt.

»Wie-wieso sollte ich jetzt beschäftigt sein?«, platzte es aus ihr heraus. »Was meinst du damit?«

Guillem machte eine wegwischende Handbewegung. »Du, lass nur, das ist schon in Ordnung. Der Mann macht übrigens einen sehr netten Eindruck. Vielleicht hast du ja irgendwann auch mal Lust, ihn mir vorzustellen …«

»Was für ein Mann denn, um Himmels willen?«

»Na, der von gestern Abend – falls es da mehrere geben sollte.«

Beide Teile seiner Antwort trieben Isabella die Röte ins Gesicht. »Oh, du meinst Eric. Also, der …«

»Wie gesagt, wenn du Lust hast, mal mit ihm zusammen vorbeizukommen – sehr gern!« Guillem plagte sich wieder auf die Beine und stand schließlich mit seinen Krücken aufrecht neben ihr. »Ich muss jetzt allmählich auch mal heim …«

Isabella sah ihn an und wusste nicht, was sie tun sollte und noch weniger, wie sie seine Reaktion bewerten sollte. War es ihm ganz egal, ob sie mit Eric zusammen war oder nicht? Weil er – genau wie für Elena – auch für sie, Isabella, nie etwas Besonderes empfunden hatte? Oder verstand er es nur, seine Gefühle gut zu verbergen? Aber was war dann mit diesen intensiven Blicken gewesen, die sie getauscht hatten? Mein Gott, das hatte sie sich doch nicht alles nur eingebildet! Und warum hatte er dann mit Asunción über sie geredet? Warum war er ihr in die Berge gefolgt? Oder wollte er nur, dass die Frauen sich in ihn verliebten – und er sie dann mit ihren Gefühlen quasi im Regen stehen lassen konnte? Zum Donner noch eins, was war mit ihm los?

Guillem nickte ihr zu und machte Anstalten zu gehen. Hastig sprang auch Isabella auf die Beine. »Ich … mir wird es hier auch langsam zu frisch«, log sie und schickte sich an, mit ihm zusammen zurückzugehen. Bei jedem Schritt, den sie neben ihm machte, überlegte sie, ob es Sinn hatte, noch ein klärendes Wort über sie und Eric anzubringen – bis es am Übergang vom Steg zum Strand plötzlich von ganz allein aus ihr herausplatzte: »Eric ist nicht mein Freund, sondern nur ein guter Bekannter aus dem Hotel!«

»Oh«, machte Guillem und blieb stehen. »Das … das sah gestern Abend allerdings ein wenig anders aus.«

»Gestern Abend? Aber da hat er mich doch nur hoch in mein Zimmer gebracht. Irgendwie war mir der Drink zu Kopf gestiegen, und dass ich überhaupt getrunken hatte, lag auch nur an …«

»Du meinst, er ist nicht …?« Guillem sah sie an, und in seine Augen trat ein so hoffnungsvolles Strahlen, dass Isabella einen ganz trockenen Hals bekam und nur stumm nicken konnte. Sie bemerkte, dass Guillem auf einmal beide Krücken mit einer Hand hielt und seine freie Hand hob und ihrer Wange näherte, aber dann ließ er sie sinken – und küsste sie stattdessen. Es war ein sehr zurückhaltender, zaghafter Kuss, den Isabella beinahe erschrocken erwiderte. So groß war ihre Angst, wieder von ihm verletzt und weggeschoben zu werden! Sie sah zu ihm auf und konnte vor Aufregung kaum noch atmen. Und doch spürte sie zugleich, dass da noch immer etwas war, das zwischen ihnen stand.

»Gibt es vielleicht jemand anderen als Elena?«, fragte sie schüchtern. »Ich meine, weil deine Tante … also, weil sie dich doch *rompecorazones* genannt hat, und dann diese Anna, zu der musstest, als wir von Valldemossa zurückkamen, und wie bedrückt du auf der Rückfahrt gewirkt hast …« Ja, da muss allerdings noch etwas sein, was dich belastet und immer wieder von mir reißt, dachte sie weiter, irgendetwas, das immer wieder aufs Neue zwischen uns steht!

»Nein, Isa, da gibt es niemanden. Niemanden außer dir! Ganz ehrlich: Ich war noch nie in meinem Leben so verliebt wie in dich. Und genau das war auch die ganze Zeit Teil meines Problems.« Guillem sah sie an. »Ich hatte solche Angst, dass du mich abweisen könntest – wie du auch diesen Mann auf der Frühstücksterrasse abgewiesen hast –, und da wollte ich halt keinesfalls zu vorschnell sein!«

»Oh«, machte Isabella und lachte errötend. »Der Mann war übrigens Eric, der gleiche Mann, den du gestern Abend gesehen hast, und dass ich anfangs so abweisend zu ihm gewesen bin – und zu jedem anderen Mann – hat ganz andere Gründe, aber das ist eine lange Geschichte.«

»Die du mir unbedingt erzählen musst!« Guillem lächelte. »Um meine Geschichte zu Ende zu bringen, nun, es gibt schon etwas, das mich in der letzten Zeit belastet hat.«

Isabella sah ihn erschrocken an.

»Keine Sorge, Isa. Es hatte absolut nichts mit dir zu tun!« Er holte tief Luft. »Aber mit meiner etwas überstürzten Abreise von Valldemossa und Anna dagegen schon. Vor vier Wochen hat mich eine Frau über ihren Anwalt anschreiben lassen und behauptet, ich sei der Vater ihres zehnjährigen Sohnes. Eine Forderung nach Unterhalt lag dem Schreiben auch bei.«

»Und?«, fragte Isabella.

»Na ja, dieses Kind wurde offenbar in der Nacht nach dem Abschlussfest auf dem Konservatorium gezeugt, in einer Nacht, in der wir alle ziemlich außer Rand und Band gewesen sind und an die ich mich kaum noch erinnern kann, was nicht nur daran liegt, dass inzwischen fast elf Jahre vergangen sind. Ich habe das Anwaltsschreiben dann Anna vorgelegt. Sie ist Anwältin und war schon öfter für unsere Familie tätig, und sie hat mir geraten, erst einmal einen Vaterschaftstest zu verlangen, der dann auch gemacht wurde. Eigentlich hätte Anna das Ergebnis an dem Tag bekommen sollen, an dem wir in Valldemossa waren, und deswegen wollte ich auch unbedingt vor fünf Uhr noch einmal bei ihr reinschauen. Aber dann ist das Ergebnis doch erst gestern Nachmittag gekommen – Gott sei Dank mit einer Entwarnung: Der Junge ist definitiv nicht mein Sohn. Aber solange diese Geschichte in der Luft hing … Mein Gott, ich dachte, das seien nicht eben die besten Umstände, um … um bei einer Frau wie dir … Und als ich dann das Ergebnis gestern endlich bekommen habe, bin ich abends ins Hotel, um dich zu treffen, und dann habe ich dich mit Eric gesehen und dachte …«

Er sah sie hilflos an. Isabella musste den Kopf schütteln über so viele unglückliche Zusammenhänge. Aber sehr geschickt waren sie bislang auch beide nicht gewesen, fand sie. Trotzdem konnte sie sehr gut nachvollziehen, dass Guillem ihr all dies nicht vorher hatte anvertrauen wollen. Sie an seiner Stelle hätte das sicher auch nicht getan.

»Wie wäre es, wenn wir einfach noch einmal ganz von vorn anfangen?«, fragte Isabella und sah zu ihm auf.

Guillem nahm ihr die Brille aus der Hand und setzte sie sich grinsend auf die Nase. »Aber nur, wenn du die ab jetzt trägst! Ich nehme an, sie war der Grund, weshalb du mich in den Bergen nicht sofort wiedererkannt hast, oder? Mein Gott, und ich hatte eine solche Angst, dass du dich wundern würdest, wieso du mich erst zwei Mal im Hotel, dann ein Mal in der Stadt im Café und am Tag darauf auch noch in den Bergen wiedersiehst!«

Isabella lachte und wollte ihm die Brille abnehmen, aber Guillem war schneller und versteckte sie hinter seinem Rücken. »Jetzt sag schon: Was stört dich an dieser Brille?«

»Na, was schon? Dass ich scheußlich damit aussehe! Es

gibt einfach keine Brille, die mir steht – und Kontaktlinsen vertrage ich nicht.«

»Wer hat dir denn diesen Blödsinn eingeredet?« Guillem setzte ihr die Brille auf die Nase und hielt ihre Hände fest, damit sie sie nicht wieder abnehmen konnte. »Diese Brille steht dir sogar ganz hervorragend! Intelligent, sinnlich und einfach wunderschön siehst du damit aus, und ehrlich gesagt lege ich schon Wert darauf, auch auf eine gewisse Entfernung von dir wiedererkannt zu werden – und das klar und deutlich!«

Klar und deutlich gesehen werden wollen, wiederholte Isabella in Gedanken seine Worte und musste – wie sie hoffte zum letzten Mal – an Axel denken. Deswegen also, wurde ihr nun klar, hatte er sich so bemüht, ihr die Brille auszureden! Und Guillem wollte, nein, er bestand sogar darauf, dass sie mit klarem Blick mit ihm gemeinsam durchs Leben schritt.

»Weißt du was?« Isabella grinste Guillem verliebt an. »An dich könnte ich mich echt gewöhnen!«

»Das wirst du auch müssen!«, erwiderte Guillem und schloss sie in seine Arme, um sie endlich richtig zu küssen. Und Isabella erwiderte seine Küsse in dem ruhigen Wissen, dass ihnen noch viele Tage, Abende und Nächte blieben, die ihnen genug Zeit ließen, einander nach und nach ihr ganzes Leben anzuvertrauen.

Ein Wort noch …

Zu guter Letzt möchte ich mich noch bei ein paar wichtigen Menschen bedanken:

Ein ganz besonderes Danke geht an Dirk Meynecke, ohne den Isabella und Guillem und vielleicht auch meine anderen Romanhelden nie das Licht der Welt erblickt hätten – und ohne den ich das wunderschöne Mallorca womöglich nie kennengelernt hätte.

Ein spezielles Merci geht an meinen Mann: Merci de m'avoir accompagné dans ma réflexion sur les hommes et les femmes: êtres semblables mais si différents – ton aide m'a été précieuse! – Und ohne dich hätte mir Mallorca sicher nur halb so gut gefallen!

Auch unseren Kindern muss ich danken: Eigentlich wären sie zu gern mit nach Mallorca gekommen, aber dann haben sie sich doch ohne lange Diskussion dem Argument gebeugt, dass ihre Schulferien vorbei waren. Sie sind dann während der Rechercheireise bei unseren Freunden geblieben, denen ich auch hier noch einmal ganz herzlich danken möchte: Les meves gràcies més especials per vosaltres, Anna i Patricia, per la vostra impagable ajuda.

Und last but not least ein ganz dicker und von Herzen kommender Dank an meine wunderbare Autorenkollegin Adriana Stern, mit der man so herrlich reden kann – egal, ob es um unsere Bücher oder das wahre Leben geht. Du weißt, du hast etwas gut bei mir!

Diejenigen, die mich schon von meinen anderen Romanen kennen, wissen, dass ich eine Autorin bin, die gern auch über das Buch hinaus Kontakt mit ihren Lesern hat – und so habe ich auf meiner Autoren-Webseite auch für Isabella und Guillem ein »Eckchen« eingerichtet, in dem unter anderem auch die Fotos der Rechercheereise in Mallorca zu sehen sind. Ich freue mich auf Euren Besuch bei www.leakorte.com – und es wäre schön, euch auch einmal bei Facebook oder Twitter zu treffen!

Herzlich
Lea Korte, Spanien